国际动物小说品藏书系

我的北方狗

沈石溪◎主编

[加]埃格顿·杨　著

何卫青　译

时代出版传媒股份有限公司

安徽少年儿童出版社

图书在版编目（CIP）数据

我的北方狗 /（加）杨著；何卫青译. —合肥：安徽少年儿童出版社，
2016.1（2024.1 重印）
（国际动物小说品藏书系 / 沈石溪主编）
ISBN 978-7-5397-8608-7

Ⅰ.①我… Ⅱ.①杨… ②何… Ⅲ.①儿童文学 – 短篇小说 – 小说集 –
加拿大 – 近代 Ⅳ.①I712.84

中国版本图书馆 CIP 数据核字（2015）第 301506 号

沈石溪 / 主编
[加]埃格顿·杨 / 著
何卫青 / 译

GUOJI DONGWU XIAOSHUO PINCANG SHUXI WO DE BEIFANG GOU
国际动物小说品藏书系·我的北方狗

出 版 人：李玲玲　　策　划：何军民　阮　征　　责任编辑：何军民　阮　征
责任印制：朱一之　　装帧设计：刘个个
出版发行：安徽少年儿童出版社　E-mail：ahse1984@163.com
　　　　　新浪官方微博：http://weibo.com/ahsecbs
　　　　　（安徽省合肥市翡翠路 1118 号出版传媒广场　邮政编码：230071）
　　　　　出版部电话：（0551）63533536（办公室）　　63533533（传真）
　　　　　（如发现印装质量问题，影响阅读，请与本社出版部联系调换）
印　　制：阳谷毕升印务有限公司
开　　本：635mm×900mm　　1/16　　印张：11.5　　字数：116 千字
版　　次：2016 年 1 月第 1 版　　2024 年 1 月第 5 次印刷

ISBN 978-7-5397-8608-7　　　　　　　　　　　　　　　定价：39.80 元

动物小说的灵魂

沈石溪

20世纪上半叶，西方生物学派生出一门新的边缘学科——动物行为学。传统生物学与动物行为学在学术观念、观察角度、研究手段和考察方法等方面都有显著差异。传统生物学注重被研究者的共性，热衷于调查物种的起源、种群分布的情况，给形形色色的动物分门别类，根据动物的生理构造和特化器官，确定该归入什么纲什么目什么类什么科什么属；分析动物的食谱，解释某种动物与某种环境的依存关系；观察动物的发情时间与交配方式，了解动物的繁殖机制等。动物行为学家对动物的社会结构、情感世界和个体生命的表现投入了更多的研究热情，透过动物特殊的行为方式，从生存利益这个角度，来寻找产生这些行为的原因；在研究动物行为的同时，其严肃理性的目光也注视人类行为，在动物行为与人类行为间勾画出一条清晰可辨的精神脉络，给人类以外的另类生命带去温暖的人文关怀。

我喜欢读动物行为学方面的书。每当偷得浮生半日闲，躺在摇椅上，捧一杯清茶，翻开奥地利动物学家、诺贝尔生理学或医学奖获得者、动物行为学创始人康拉德·劳伦兹的《攻击与人性》，或者浏览美国生物学家、动物行为学先锋斗士 E.O.

威尔逊的名著《昆虫社会》，或者阅读西方最负盛名的动物行为学家罗伯特·杰伊·罗素的力作《权力、性和爱的进化——狐猴的遗产》，总是深深被大师们严谨的作风、渊博的知识、犀利的目光、翔实的资料、风趣的语言和无可辩驳的论点所折服，心灵上受到强烈震撼，精神上产生巨大共鸣。我相信，动物行为学具有无限广阔的发展前景，能找出人类行为发生偏差的终极原因，是医治人类社会种种疾病的灵丹妙药，为人类把握正确的进化方向提供了牢靠的坐标。

这也许是我个人的偏爱，有点言过其实了。可动物行为学家们通过长期观察动物生活得到的许多例证，确实对人类社会具有振聋发聩的作用。

例如，关于大熊猫为什么会濒临灭绝，一般认为有两个原因：一是人类大量开荒种地破坏了大熊猫的生存环境，二是大熊猫食谱单一，只吃箭竹，属于适应性较差的特化动物。但动物行为学家却另辟蹊径，经过大量调查研究后认为，大熊猫濒临灭绝除了环境和食谱因素外，还有另外两个原因：第一，大部分动物都有巢穴，尤其是母动物产崽期间都要寻找一个隐蔽安全的地方当作自己的窝，而大熊猫是典型的流浪者，头脑中没有"家"的概念，它们追随食物四处游荡，吃到哪里睡到哪里，产崽育幼期的母熊猫也同样如此，颠沛流离的生活对刚刚出生的幼崽来说显然是有害无益的，风餐露宿，再加上食肉兽的侵害，幼崽存活的概率很小；第二，丛林里凡生存能力不是特别强，而幼崽又要经过很长一段时间精心养育才能独立生活的动物，如狼、豺、狐、獾、鼠和鸟类等，大多实行双亲抚养制,雄性和雌性厮守在一起,共同养育后代,而大熊猫生性孤僻,雌雄间感情淡漠,只有性,没有情,发情时雌雄凑合在一块做一回露水夫妻,完事后各奔东西,谁也不认识谁,清一色的单亲家庭,母熊猫单独挑起抚养幼崽的重担,母熊猫通常一胎产双崽,但过的是没有窝巢的流浪日子,不可能一条胳膊抱一只幼崽走路,又没有配偶替它分担困难,只有在两只幼崽中挑选一只抱走,另一只幼崽就被遗弃荒野了。单身母亲的日子过得很艰难,遭遇危险时找不到帮手,头疼脑热得不到照应,稍有不慎,唯一的幼崽便会夭折,繁殖后代、延续生命的链条就此断裂。

反观人类社会,许多人不珍惜温馨的家,把家看作累赘,把家看作牢狱,弃家不顾、离家出走、天涯飘零,去过所谓的潇洒生活,面对大熊猫濒临灭绝的事实,难道还不该及时醒悟吗?再看如今社会上越来越多的单亲家庭独木难支的困窘,是不是也该从大熊猫生存路上艰难的步履里吸取某种教训?

在动物面前,人类常常犯自高自大的错误。人类有一种根深蒂固的偏见,总认为自己是高等生灵,动物都是低等生灵;自己是天地间的主宰,动物是任人摆布的畜生。不错,人类是地球上进化得最快的一种动物,会直立行走,会使用语言文字,用勤劳的双手和智慧的头脑创造出了无与伦比的现代文明。然而,人是由动物进化来的。地球上存在生命已有数亿年时间,人类的历史不过几千年,人这种动物在进化成人以前曾经过漫长的动物阶段,动物的本能、本性在人类身上根深蒂固,人类不可能在几千年短暂的进化过程中就把在数亿年中养成的动物性荡涤干净。科学家证实,文化属性与生物属性是构成人的行为的两大要素。人的一部分行为受制于社会大文化,传统势力、伦理道德、风俗习惯、政治说教、宗教戒条、法律法规、民情民风、乡规民约不断修正和规范你的所作所为,迫使你去做这件事而不去做那件事,这就是人类行为的文化动因。人的另一部分行为受制于生物本能,贪婪好色、权欲熏心、天性好斗、自私自利、妄自尊大、好逸恶劳、贪图口福、嫉妒心理等负面因素又时时让你产生难以抑制的冲动,驱使你去做那件事而不去做这件事,这就是人类行为的生物动因。假如某人的行为既出于合理的生物本能,又符合社会大文化的要求,他就是一个真实自然的好人;假如某人完全抑制生物本能去迎合社会大文化的苛刻要求,存天理灭人欲,他就是一个虚伪矫情的假人;假如某人放纵生物本能,弃社会大文化于不顾,他就是一个凶残狠毒的坏人。有一种观点认为,人类一半是天使一半是魔鬼,讲的就是这个道理。

动物行为学剖析发生在动物身上有利于生存的、合理的、善的行为准则,让人类学习借鉴,变得更像天使;揭示发生在动物身上不利于生存的、荒谬的、恶的行为准则,让人类铭记教训,更自觉地远离魔鬼。

曾有某药物研究所做过这么一个令人发指——不——是令动物发指的实验:为了证实某种戒毒药物是否有效,人们给一只红面猴注射了毒品(这实验本身就证明了人类对待动物是何等霸道、残忍和阴险。人类自己心灵扭曲得还不够,自己被海洛因毒害得还不够,还要把罪恶强加在无辜的动物身上）。两三次后，可怜的红面猴就成了吸毒者，一见到穿白大褂的管理员，立刻就会从铁笼子里伸出手臂，哀哀叫啸，恳求人们替它在静脉血管上打针。倘若人们不满足它的要求，它就会用自己的脑袋撞铁笼子，撞得头破血流也在所不惜；假如还不能达到目的，它就咬自己的爪子和身体，把自己咬得满身血污。一旦人们掏出注射器，它就会跪伏在地下，猴嘴从铁栏杆间伸出来，谄媚地亲吻管理员的裤腿和鞋。过去它在动物园生活时曾被热水瓶烫过一下，由于条件反射，平时最怕看见热水瓶了，远远看见有人提着热水瓶走过来便会吓得躲起来。有一次它毒瘾发作，手臂从笼子里伸出来，工作人员提着热水瓶来吓唬它，它竟然无动于衷，将开水淋在它的手臂上它也不肯把手臂缩回去。这只雄红面猴被买来做实验品前，曾与一只雌红面猴相好。据动物园的饲养员介绍，这对红面猴青梅竹马、卿卿我我，感情很甜蜜。饲养员把那只雌红面猴牵了来，把雌雄两只猴子关进同一只铁笼子，希望能由此减弱雄红面猴对毒品的过分依赖。它们分开也不过二十来天，天涯苦相思，意外又重逢，正所谓"小别胜新婚"，那雌红面猴见到雄红面猴，激动得浑身颤抖，恨不得立刻与之紧紧拥在一起，但雄红面猴却面无表情，冷冷地瞥了对方一眼，就像看到一只陌生猴一样没有任何反应。过了一会儿，雄红面猴毒瘾上来了，哈欠连天，鼻涕口水滴滴答答，抓住铁栏杆使劲摇晃，发出哀叫声。管理员从甬道走过来，雄红面猴迫不及待地将手臂从铁笼子里伸出去。雌红面猴出于好奇，也趴在笼壁上看热闹。雄红面猴大概以为雌红面猴要同自己争抢毒品，勃然大怒，揪住雌红面猴，穷凶极恶地大打出手,下手比打冤家还狠,啃下一口口猴毛,抓出一道道血痕。要不是管理员闻讯赶来,打开铁门救出遍体鳞伤的雌红面猴,后果不堪设想。雄红面猴被人类强行注射毒品后的行为表现,与人类社会的瘾君子如出一辙,丝毫没有区别,同样丧失理智、丧失人格、丧失自尊,感情冷漠,道德沦丧,成为一具地地道道的行尸走肉。

实验的结果颇出人意料又耐人寻味,戒毒药物也不起什么作用。由于过量注射海洛因,雄红面猴奄奄一息,整整两天不吃不喝,有气无力地躺在地上,眼皮耷拉着,连叫都叫不出声了,只有那条布满针眼的手臂还顽强地伸出铁笼子,手掌朝上,瑟瑟发抖地做乞讨状。药物研究所决定给它注射最后一针大剂量毒品,减少它临终前的痛苦,让它在虚幻的快感中结束生命,也算是人类的一种仁慈;同时也决定,将那只雌红面猴牵来继续做相同的实验。

拿着注射器的管理员和那只雌红面猴几乎同时来到铁笼子旁。雄红面猴混浊的眼光落在雌红面猴身上,就像快要燃尽的炭火被风一吹又短暂地烧旺,那双垂死的眼睛里骤然发出一道骇人的光芒。就在管理员的针头快要刺进雄红面猴静脉血管的那一瞬间,雄红面猴奇迹般地"复活"了,它伸出铁笼子的前爪突然抓住管理员的手腕,把那手腕拖进铁笼子里去,张开嘴,一口咬住管理员的手掌。管理员撕心裂肺地惨叫起来,那只灌满毒品的注射器掉在地上,摔得粉碎。人们赶紧来帮管理员,七手八脚地强行将猴嘴撬开。雄红面猴已经气绝身亡,那双猴眼却还瞪得溜圆,一副满腔怨恨、死不瞑目的可怕模样。雄红面猴在生命的最后一刻幡然醒悟,天良发现,为了抗议人类的暴行,也为了不让自己所爱的雌红面猴步自己的后尘,做出了一只垂死的猴子所能做出的反抗行为。较之人类社会那些执迷不悟、心甘情愿地在毒品的泥潭里越陷越深的瘾君子和那些为了自己发财致富而不惜将千家万户推入"火坑"的毒贩子,雄红面猴似乎更配"人"这个高贵的称呼。

人和动物之间并不存在不可逾越的鸿沟,人和动物之间的差别也并没有我们想象的那么大。在某些领域,人和动物的差距是微乎其微的,仅仅隔着一根头发丝的距离。稍有不慎,人就有可能变得像动物一样,甚至还不如动物。

我们只要用心去观察,就不难发现,在情感世界里,在生死抉择关头,许多动物所表现出来的忠贞和勇敢,常常令我们人类汗颜,让我们自愧弗如。

这就是动物小说的灵魂,这就是动物小说能超越时间和空间,为世界各地不同民族、不同肤色的一代又一代读者所喜爱的原因。

是为序。

目 录

前　言

　　司各特说过："我不愿意爱狗,他们的生命如此短暂。"其实,司各特先生以稀有的挚情爱着狗,这是阿伯茨福德地区的传统,他自己也曾撰文肯定过。

　　小时候,家人不许我养狗。我父亲年轻时曾见到一个人躺在大羽毛床上窒息而死,因为他被一只疯狗咬过,得了狂犬病。所以,我们家从此不允许有狗出没。

　　幸运的是,我们男孩(我家有七个男孩)都非常喜欢这些被视为禁忌的动物,总是乐意把我们的大折刀或冰鞋借给任何一个邻居家的男孩,只要他让我们和他的狗一起玩。

　　从那个从来听不到一声快乐的狗吠的乡村教区搬到北国荒原真是太棒了!在那里,我同我的前任交接事务的时候,他告诉我的第一件事是外面有十多只爱斯基摩狗和狗崽子急着跟我认识呢!

　　常言道："功夫不负苦心人。"在这件事上,此话的确有理。一个孩提时被专横地拒绝拥有一只狗的人现在却成了一群狡诈的无赖狗的主人,这可是相当考验他的耐心、磨砺他的智慧的。

　　假如大自然中真的存在一个能包容一切的地方,我认为这些大狗最理想的家园就是寒冷的北国。在那儿,在那些漫长的冬日里,他们还能工作,因而能够向人类证明自己有权利过一种舒适的生活。在北极地区的暴风雪中,人和狗常常要体验霜冻带来的艰辛和匮乏。在那里,狗和他的主人一起颤抖、一起忍受、一起狂欢。

多年来,我和我的大狗经历过无数次难以想象的险情。我的工作大都在我的狗的帮助下完成的,所以我信任我的狗。在这本书中,我将讲述它们的一些事迹。

我的爱斯基摩狗

直到今天，它们仍然冲击着我 ——那些爱斯基摩狗！夜里有时候，我会突然惊醒，因为我一直梦见这些喜欢妒忌的、吵吵嚷嚷的家伙，不止一次地为获得睡在我脑袋边的荣耀而战。

然而，它们干起活来倒真是不错。这么说吧，我认为它们能干世界上其他狗都干不了的事。

南森、格瑞利、瑞，还有其他许多人都曾毫无保留地赞扬过这些北方狗的勇气和耐力，而对它们的精明和狡猾，则通常是脚踢、咒骂多过关怀或爱护。那些北极地区的居民，无论人畜，长期饥饿都是他们生活的常态。也许，在这样一个地方，要教会一只爱斯基摩狗诚实，几乎真的不可能；如果教会了，那会是一个奇迹。它们会从小狗崽时期偷到老的。

说得客气一点，这种狗喜欢偷盗的缺点，是我跟它们产生许多纠纷和冲突的不变的原因。这也是为什么在经过几个冬天的教导和努力的改造后，我最终把它们从我的膝头

3

赶走,赶得有多远走多远,转而训练圣伯纳犬和纽芬兰犬或者数量更多的混血犬的原因。

不过,这些爱斯基摩狗,或者说哈斯基狗(有时候它们被称作"爱斯基摩狗",有时候又被称作"哈斯基狗")仍然为自己赢得了很好的名声,这名声使它们在为人类服务的动物中占有很高的地位。但是,它们很少仅仅因为令人愉悦或有助于人类休闲而被保护。它们对人非常有用,有时甚至是绝对无价的,因而理所应当地受到爱犬者的重视。

纯种的爱斯基摩狗不乏漂亮之处。结实的身体、光滑的皮毛、尖尖的充满警觉的眼睛、狐狸似的口鼻、健美的腿形、硬朗的脚足、毛茸茸的尾巴,似乎都是它引以为豪的;再加上明亮、调皮的眼睛,使它在狗的世界中获得了一个绝对高的地位。它的颜色从纯白到墨黑,有明显的变化。我有两只白得身上连一根杂毛都找不到的爱斯基摩狗。因为有这种不带一丝杂色的白,它们被印第安人称作"库纳"和"帕基沙库",这两个词是"雪"和"面粉"的意思。

特别惹人喜爱的是一种亮灰色的狗。然而,这种颜色的爱斯基摩狗很少。不过,这种狗如果是从土著那里获得的,人们通常认为它比别的品种更聪明,因而价值更高。但一般说来,颜色并不是经常被考虑的因素,或者说,不大会被看成其血统纯正的依据。

我的爱斯基摩狗能拉六十到一百三十磅的重物。某些体重较轻的狗的拉力跟别的更大更重的狗相比差不多一样,这似乎非常令人吃惊。

我在哈德逊湾地区的第一个冬天就是与狗相处的。说幸运也好，说不幸也好，我拥有十二只狗。就外表来说，在专家的眼中，它们根本算不上纯种爱斯基摩狗。不过，在它们身上，仍有足够的纯种狗的特性，这使得它们能够主导一切，能够以最纯种的风格处事。

它们拥有其他所有狗的共性——在我们居住的印第安村落里有上百只这样的狗，一到夜里就会发出最不协调的吠叫，一晚上有三四次，特别是在冬天里。

这些奇怪的、诡异的吠叫大概从晚上九点钟开始。那时，人们通常都已经待在自己的棚屋里了，村子如午夜时一样安静。然后，突然，远远地传来一只爱斯基摩狗狼嚎似的吠叫，打破了这冬夜的寂静。

一开始，这吠叫声听起来非常怪异，却并不刺耳，像是远远传来的一连串的"哦……哦……哦……哦……"，在清冷的夜里拖曳着，升起又落下。仅这声音倒不算让人恼火，但让人烦恼的是，它是个信号：听到这声音的每一只狗——在鱼丰富的那些日子，有各种各样的狗——都对这忧郁的音符做出了回应。几分钟内，令人难以忍受的喧嚣就震耳欲聋了。从老狗低沉的吼叫声到小狗可笑的汪汪声，空气中反反复复地响起狗所能制造的各种噪音以及别的声音。起初，这些声音几乎要把我们逼疯。我的十二只狗和别的狗一样，坏透了。当那令人神经崩溃的吠叫开始时，我抓起触手可及的"武器"，在它们中间徒劳地挥来舞去、横冲直撞。这样的举动对它们发出的号叫、咆哮、咬牙切

5

齿、呜咽、吠叫以及别的无法形容的声音没有丝毫影响，甚至我们用棍子打，用鞭子抽，用拔鞋器、墨水瓶扔，用白鱼诱惑或者用别的抓来就能用的东西攻击它们都没用，我只能等它们这一次的发作结束。到午夜时，这可怕的悲剧会重复一次，到凌晨三点左右再重复一次。

我第一次向哈德逊海湾贸易公司的先生们提及那些狗的这种奇怪习惯，说那是多么让人恼火时，他们只是哈哈一笑，回应道："哦，等你习惯了就再也不会注意到它们啦。"确实如此，尽管当时看起来不太可能。几个星期后，我们就能安安稳稳地睡着了，不管窗外的这些"恶魔"们如何声嘶力竭地吠叫，仿佛在跟周围的群狗较量谁的声音更高。

我想，如果通过喂养、训练、诱惑、宠幸或是惩罚能成功地纠正它们爱偷窃的缺点的话，我对这些爱斯基摩狗的喜欢会多一些的。但这完全不可能，它们总是挖空心思去偷任何可以吃的东西，甚至许多被认为不能吃的东西它们也都不放过。我知道，它们曾放着给它们做晚餐的白鱼不吃，却扯下挂在晾衣绳上面的烟熏鼠皮软鞋，贪婪地把软鞋吃了个精光。一件旧皮衬衫也曾被它们当作精美的食物。有时候，有些事也许碰巧能显示它们某种更加诗意的"公正"：如果它们发现了某位残忍的赶狗人的鞭子，会迅速将它吃掉，哪怕它有十英尺长，由鹿皮革编成，且绑有石块！

有时候，在旅行中停下来休息或吃饭时，如果印第安赶狗人稍不留意,某些看上去在歇息的狗会吃掉放在它们身边的挽绳或挽具。

我和我的妻子对我们的生活有些厌倦:一年六个月、一周二十一次以白鱼为食——白鱼是我们的主要食物,另外六个月吃另外一些不同的猎物,比如野猫、麝鹿、兔子、海狸、鹿肉、候鸟及其他,再加上数量有限、有时还被污染过的一点面粉。因此,有一个夏天,在我准备去后来被称为"红河定居点"的地方时,我的妻子说:"为什么咱们不从定居者那里买只羊带上船呢?咱们可以把它养在这儿的围寨里,围寨里的草可多得很呢。到了冬天,咱们把它杀掉,把肉冷冻起来,想保存多久就保存多久。到时候咱们偶尔来点羊肉,也算打打牙祭啊,而且也能享受一下现代文明的成果。"

这是个很好的想法,所以,时机一到,我就把它付诸实践了。买一只上好的大山羊并不难,我那友好的印第安船夫愉快地在船尾为羊准备了一个安全舒适的地方。我买了一把不错的镰刀。每天晚上,我们在岸上宿营时,我都能找到大量茂盛的野草割给山羊吃。一路上没出任何意外,我们平安地回到了偏远的北部的家中。

羊被妥善地安置在牢固的围寨里,似乎非常安全——不管是潜行的狼,还是凶猛的爱斯基摩狗,都无法靠近它们。

围寨是用小云杉树建成的。人们剥下云杉树的皮,将它们稳稳当当地插进地下的壕沟里。树干直径从八英寸到一英尺不等,高度从十二到十五英尺不等。它们被尽可能密集地排在一块,全都被横木条死死地钉在一起。

然而,尽管我们竭尽全力保证羊的安全,我的土著狗还是在一天夜里成功地钻进了围寨。它们狼吞虎咽,将可怜的山羊吃掉了,这让我们非常伤心和恼火。这些狡诈的坏家伙啊!第二天早上,在大快朵颐掉我从四百英里外历经千辛万苦带回来的山羊后,它们小心翼翼地跟我保持着距离。它们蹲坐在那儿。当我走到离它们还有一百英尺左右的距离时,它们尚能保持镇静,但似乎在说:"别再近了,谢谢!"聪明的家伙啊!它们似乎认为,最好还是把可怕的时刻尽量推迟,等主人的怒气在某种程度上消退了,它们受到的惩罚就会少一些。

它们是聪明的狗。罪行被发现的那天,我没工夫惩罚它们。后来我有了工夫,也没有惩罚它们。我争辩说,我想的没错,它们对自己为什么要遭受责备一点概念也没有。它们谨慎地二十四小时远离我,因此全都逃脱了惩罚。

我很失望,但并没有泄气。这次弄些羊肉偶然调节一下饮食的行动失败后,我就考虑下次能不能弄些猪来。所以,第二年夏天,在我一年一度的红河定居点之旅中,我从一个富裕的农夫那里买了一对大概四五个月大的小猪崽。在定居点的一个磨坊里,我们买了许多豆粉和谷粉,然后踏上了回家的旅程。

途中没有任何曲折,我们安全抵达了目的地。情况一直在改善,我已经新建了一间原木畜舍。往里面,在靠近我的牛棚的地方(我现在有两头极有价值的动物),我为我的小

猪崽准备了一个结实的窝。这两个生机勃勃的小东西被安安稳稳地安置在那儿。因为畜舍的门是由两英尺高的云杉木板做成的，我很有把握地想，在即将到来的这个冬天里，我们肯定能吃上新鲜而美味的猪肉。

不料我们空欢喜了一场！单单一扇云杉木板门怎么能抵得住十二只爱斯基摩狗锋利的牙齿呢！

其实我已经注意到，每次快到喂猪崽的时间，这些狗是多么警觉和紧张。它们以狗的惯常方式表达着它们的想法：活力十足地拖长声音尖叫着，因为它们的一日三餐一般是由酸奶和粗谷粉组成的。

日子一天天地过去，狗们并没有特别起劲地往畜舍里钻。我开始认为这次我占了上风，觉得它们不会像上次山羊那件事那样让我蒙受损失。

我得承认，去喂猪时，有两三次，我感到有些心神不安。我发现有几个地方已经被狗尖利的牙齿咬过了，曾牢牢地固定在大原木上的厚重的木板被扯下来了。然而，这最多也只是留出了两三英寸宽的缺口，它们还是无法搞什么破坏，所以，对它们的无用功，我只是报以嘲笑。我还饶有兴趣地注意到，每天早晨，畜舍周围都有很多清晰的狗的脚印。很明显，它们并没有空转，而是心满意足地跑来，像我们过去常说的那样，至少好好地闻了闻猪肉的味道。

唉，我真是自以为是啊！一天早上，我出去查看我的猪崽。几个星期以来，它们一直长得很好。一个印第安人迎上来,以印第安人特有的平和、冷静的语气对我说:"我觉得你不用再麻烦自己了,或者麻烦马丁浪费任何粮食在猪身上了。"

我慌忙跑过去,看见马丁——我那忠实的、万能的工人,站在畜舍前面。猪窝里,小猪崽所剩无几。畜舍的角落里,是我的几只爱斯基摩狗,一只只脑袋血糊糊的,一个个情绪暴躁。这些狗大快朵颐的时候,被马丁逮了个正着。马丁聪明地堵住了它们的去路,一直等着我到来。

我们一边盯着这些疯狂地想逃走的狗,一边对它们第二次赢了我们的办法做了一番调查。马丁当时正要去干早晨的活,发现围寨的门跟平时一样牢牢地关着,可是在围寨左边,那些狗用牙齿在云杉木板上咬了个洞。它们一定是轮流干活的,惹了不少麻烦,因为它们撕咬下来的很多杉树皮都染上了血迹。然而,出于疯狂的天性——这天性一旦被唤醒,它们就会毫不犹疑地将计划进行到底——它们到底取得了成功。这些狡诈的家伙选择了一个黑暗、狂野的暴风之夜。我们后来才想起来,风是如何呼啸、如何怒吼、如何帮助了它们。因此,连印第安人都没有听到它们撕扯那些木板时必定会弄出来的噪音,尽管它们中的一些人就住在不远的地方。我既恼火又厌恶地转过身子。

"咱们要惩罚这些狗吗?"马丁问。

"你想咋办就咋办吧。"我答道,"可有什么用呢?这是它们的天性啊!我还是尽快摆脱它们为好,反正还有其他品种的狗没它们这种恶习。要是有钱,或是有朋友担保的话,我打算弄几只其他种类的狗。"

　　说罢,我就回屋去了。马丁是不是鞭打了它们一顿,我没问过。这之后,我改变、提升爱斯基摩狗的努力就停止了。后来,我弄了几只别的品种的狗。在驯养的时候,我能够信任它们,也能安全地将它们拴在树上或柱子上,这对我来说也就足够了。

与爱斯基摩野狗在极光下

"马上来！尽快来！我吃了过量的奎宁,恐怕要死于恐水症了！"

冬日里的一天,两百英里外的印第安定居点的一个印第安人给我捎来了这独特的、惊人的消息。

说这话的是我的一个印第安人助手。他被安排在一个传教站,帮助一位传教士,直到那位传教士能完全接管那个地方。这位印第安人助手并不缺乏能力或热情,可不幸的是,他拥有一本医书,书里相当生动地描述了人会得的许多病。这个懂得相当多英语的印第安人怀着恐惧阅读了这本医书,读得非常入迷,但这本书吓得他几乎魂不附体——他认为自己染有书中描述的每一种疾病。

他用我配备给他用以治疗他的族人的疾病的所有药物慷慨地给自己下了方子,结果真的生了病,这自然增加了他的恐惧和警惕。他顾不上工作,把时间都花在给自己把脉、对着镜子观察舌头并殷勤地给自己开每一种他所拥有的药上面了。在他吃了一剂过量的奎宁后,高潮到来了。他并不理解"恐水症"这个词,但这似乎是一个表达他此刻恐惧情绪的合适的词语。因此,就有了本文开头时他捎给我的那惊人的口信。

我尽可能快地准备了三辆雪橇,上面装了很重的东西,主要是给这个印第安人和他的家人带的粮食。

我找了一个印第安向导,他的职责是穿着雪鞋为我们的狗引路。路只露出了一点点土,因为频繁的暴风雪扫荡着这北方的荒原和森林,覆盖了任何途经此地的猎人可能留下的足迹。

在这个地区,与狗一起行路是常见的,也是很重要的。我们的雪橇上装有水壶、粮食、被褥、枪支以及生活在与世隔绝的地方所绝对需要的一切。一路上,我们没看见一栋房子,只在穿越狩猎场时遇见了几个猎人。

有三次,当夜晚降临时,我们在森林里宿营,睡在一览无余的天空下。厚厚的皮袍和暖和的毯子是我们在星空下的床铺。我们尽其所能地度过黑夜。有时我们睡着了,云聚集起来,降下一场厚厚的雪,无声地将我们覆盖,就像为我们盖上了一床巨大而暖和的毯子,为我们增添了许多舒适。

在这样的土地上,以这样的方式行路,在经历了各种冒险、意外和事故之后,我们到达了一个约三十英里长的湖的南端。我那"患有恐水症"的印第安朋友住在这个湖的北端,我们就朝他那里走。湖水进入我们的视野时,太阳已经落山了。湖的周围有茂盛的树木,可供我们宿营。我们决定在那儿过夜,第二天早晨继续赶路。然而,我们还没解开狗套,就听见了印第安人的叫喊以及狗铃欢快的叮当声。

我的人没多久就看见了这些陌生人,他们飞快地跑来跟我们会合了。令我们吃惊的是,这队人是我那备受折磨的朋友和两个印第安赶狗人。他们每人都赶着一队体形庞大、看上去极其凶恶的爱斯基摩狗。我对他说见到他要比我料想的还高兴;他则回复我说那本医书告诉他,他的病会在这些天里发作,所以他想他还是跑来迎接我们好了。

我的印第安旅伴大大笑话了他一顿,因为我已经对我的旅伴说这人的病可能大部分都是想象出来的。不过,当他告诉我们,自六个月前我们见过他之后各种疾病是如何折磨他的时候,我们还是设法绷着脸,非常严肃,没有笑。

我真诚地安慰他说,我的雪橇上不仅有给他带的食物和其他东西,还有能迅速解除他所有疾病的药物。后一个信息令他十分高兴,以至于他马上说我应该立刻把药给他。

然而,这可不是我治疗这种想象出来的病的计划。于是我说,要是我们等等,等到了他家,药会更彻底而有效地起作用的。这让他不太高兴,因此我不得不告诉他我必须让治疗延后。作为一种妥协,我们决定在营火旁饱餐一顿,然后继续上路,而不是留在湖边过夜。

这一路上大部分道路都非常难走。我们的物资很重。狗也非常疲倦,都没啥情绪快速拉雪橇了。时间这么紧促,对狗来说似乎太残忍了。可是,想象自己身患重病的这个印第安人不愿耽搁。

从他的面容和精力十足的行动上来看，他可是这群人中最健康的了。如果不是这个强壮的家伙滔滔不绝、细致入微地描述他的众多烦恼的话，我的印第安旅伴肯定要反对继续赶路。于是，计划就定下来了，我们继续前进。因为湖面上覆盖着相当光滑的冰，对狗来说，旅程从此要容易许多。

冰冻的湖和河流总是狗拉车时最好走的路。生病的人一发现我的车上有药，便提议在到他家的这段路上跟我交换雪橇。想不到，这次交换导致我们在接下来的旅程里惊险不断。

他的狗是人而强壮的爱斯基摩狗，充满活力，看起来恶狠狠的。他那里鱼量丰盛，因此他的狗的生活条件在同类当中算得上是最好的。它们被束缚了好几天，为这次两百英里的长途旅行做了充分的准备。从他家到我们相遇的这个地方有三十英里的冰路。对这些狗来说，这段路程只够做个热身运动而已。

我们把雪橇全都重新整理了一番，一些最重的包袱被放到跟我们会合的那些印第安人的雪橇上去了，我那疲倦的狗被从我的车上松开，四只凶狠的爱斯基摩狗占据了它们的位置。

我忠实而谨慎的向导仔细地给坐在车上的我披好暖和的皮袍子，并递给我一根沉重的狗鞭子，说如果这些狗发现它们拉的是个白人，我很可能会用上这鞭子的。这根鞭子有厚重的橡木手柄,不到两英尺长,鞭绳有十五英尺多,很重,甩起来飒飒作响。

生病的印第安人,也就是这些狗的主人,把它们赶到冰路上,让它们面朝家的方向,对我说:"你一句话也别说,这样就不会有麻烦。用不了三个钟头,它们就能把你拉到我家了。即使刚下过大雪,路看不太清,它们也会沿着我们在冰上开拓出来的路一直跑下去的。这些狗不喜欢白人,不过只要你不跟它们讲话,它们急着回家,是不会产生怀疑的。"

我望了望这些凶巴巴的家伙,把那根沉重的鞭子放在触手可及的地方,心想:我这是要踏上一段疯狂而刺激的旅程啊!

这是一个壮观的夜晚。太阳已在无云的壮丽中落幕,只有在绝对没有雾霭、没有湿气的天气才能见到的星星,在清朗的夜空上闪烁着。严寒已经把所有的障碍都驱散开了。我们面前是一片蔓延至天边的大冰湖。我没有在冰天雪地里行走的经验,看不出在这浩瀚的冰面上有路的痕迹。然而,在这个极寒的夜晚,在这无人相伴的漫长路途中,我得把自己交给四只爱斯基摩狗,得相信它们会把我带到三十英里外的湖的另一端一个孤零零的原木房子那儿去。在这漫长的几个小时中,我既不能咳嗽,也不能说一句话,否则会惹来麻烦,说不定还会跟这些野蛮的畜生恶斗一场。如果真的要斗,谁知道我和狗谁能赢呢!我开始紧张起来,这不奇怪。我感到这将是一段非同寻常的路程。

疲倦的狗在休整了一两个小时后,将会循着印第安人的足迹前行。但愿在路的尽头,印第安人能发现安然无恙的我。爱斯基摩狗的主人扬起鞭子,突然狠狠地给了狗一鞭子,惊得它们猛然往前一跃。就这样,带着向导的安慰,我开始了我的冒险之旅。

这的确是一次辉煌的旅程。训练有素的狗配合得棒极了,它们齐头并进,勇往直前。我的雪橇大约十英尺长、十八英寸宽,底部是用橡木板做成的,板的边缘包有羊皮纸。我坐在车的末端,被皮袍裹得严严实实,只露出眼睛来。因为车板太窄了,我得保持一定的平衡才不至于在车偶尔因雪团阻挡而偏离轨道的时候被甩出去。即使在冰冻的大湖上,时不时也会发现这种雪团。但我渐渐习惯了,不再害怕颠簸。我们就这样行进了大约十五英里。狗有时候会小跑一阵,然后再向前疾驰。它们是在回家的路上,因此我不需要特别催促它们。

这也是一次独一无二的旅程,让人极度兴奋。在我前面的天空上,舞动、闪烁、燃烧着的奇异的极光给星光点点的夜色增添了壮丽。它们这一大群狗无声无息、鬼魅般地互相纠缠,撩动着北方的孤寂。然后,显然是因为满足于这场表演,它们以光带的形状在天空中翻滚,长长的、纯白的飘带如休战的旗帜从天空落到大地上。接着,它们突然以电光所有的极快的速度,变成了粉色、黄色,然后是猩红色,直到整个天空似乎都光照融融、色彩缤纷,以至于冰面上的雪片都捕捉到了反光。我们穿过它们时,仿佛穿过的是战死沙场的成千上万个战士的鲜血形成的血池。然后,又是一次巨大的转变：我们面前仿佛是亡灵们的处所，影影绰绰、无声无息地掠过无数穿着或纯白或粉色或黄色衣袍的"鬼影"。它们有节奏地舞动着，就在地平线之上，突然一跳，又飞到我们头上的天空中去了，只在途中暂停过一秒，为的是释放更绚丽的光彩，或者为了变成更美丽、更迷人的形状。当到达天顶时，最壮观的转变发生了。在那里，所有光影都来了，从似乎曾卷入鲜血的狂欢的血影，到身着白袍的纯真无染的光魂，都来了。它们蜂拥而至，好像个个都晓得自己的位置，就在我们头顶上的天空中形成了人眼所能看到的极光的王冠、完美的月华、最辉煌的景致。啊，上帝的头上戴着这么多的王冠，就在我们头顶闪烁着、燃烧着。

当所有光影在相同的明亮中燃烧时，我的狗完全被笼罩在光影中了。这些鬼魅般的影子似乎惊动了它们，刺激得它们加快了步伐，它们身上那些小铃铛似乎发出了乐音。光影似乎也惊动了别的什么，因为从我们左边的一个礁石上冲出来一只华丽的黑狐狸。它的确是只美狐。极光如此绚烂，刚好可以让我把它好好瞧上一番。它迅速横穿过我们面前的道路，朝我们右边大概半英里远的一个草木繁盛、礁石嶙峋的岛屿跑去。

它的出现，大大地刺激了我的狗。家园、同伴和犬舍一时间全被它们忘记了。它们离开回家的道路，兴奋地追逐那只狐狸去了。它们追了多远，我说不上来，但这追逐每时每刻都使我们离通向目的地的路越来越远。如果迷了路，

我们还能找到目标吗？

所以，我必须在很短的时间里好好思量，必须迅速决定接下来该怎么做。我们差不多已经走了一半的路程了，但在这大冰湖上发疯似的追逐一只狐狸还是不安全。因此，我决心打破沉默：即使得跟它们干一架，我也要把狗拽到回家的正确道路上来。这倒也不要我做多少准备。我快速用袍子把自己裹紧，以膝盖支撑着身体，抓过沉重的鞭子，以便必要的时候能拿它当棍子使。然后，我用印第安语严厉地呵斥它们，让它们停止追逐，转到正道上。它们一听到我的喊声，立刻停住了，停得如此突然，以至于本来正在向右移动的雪橇一下子往前滑动起来，滑到了最后面那只狗的前面去了。它们凶狠地冲我跑来，领头的是四只狗中最凶恶的那一只，它领导着这场进攻。

它这么做对我颇有利，因为它拖着其他的狗打了个转，把它们拖进了这样一种境地：一次只能有一只狗接近我。我是左撇子，所以，在它跳向我时，我一边用严严实实地裹在皮毛里的右手挡脸，一边用橡木鞭子的柄狠狠地敲打它的头。这么敲上三四次就够它受的了。它大叫一声，倒在冰面上。接下来的一只狗竭尽全力想要制服我，而我只给了它侧头一击，就幸运地把它打得踉踉跄跄，倒到它头领那边去了。接着，我得对付第三只狗了。它是这些狗中最丑陋的一个。我以前从未想过一只狗在放弃进攻之前，脑袋能经得住那么一顿打。见制服不住我，它转而撕扯起袍子和车上的羊皮来。第四只狗呢，被拴在雪橇的前方，这束缚住了它,对我却很有利,因为它至多能冲我野蛮地吠叫,间或用它的牙齿撕咬它能触及的一切。不过,它这么跟我较劲,把雪橇弄得扭来扭去,极不稳定。我不得不一边战斗,一边努力保持平衡,才不至于让雪橇翻倒。

在跟第三只狗较量时,我挥舞着长鞭子,大叫着:"前进!"我现在胡乱地使劲,朝它们抖甩着鞭子。它们倒也没让我等很久,就迅速地跳起了脚。领头的狗倏地转到左边,其他的狗便飞奔起来。起初,它们的足迹似乎很凌乱,但训练有素的狗从混乱中恢复常态的聪明劲实在令人惊诧。它们一踏上左边的路,敏锐的嗅觉便让它们明白那是通往家的道路,回家的行程便重新开始了。我现在不再对开口讲话犹豫不决了,因为我的声音跟鞭子甩动的频率一致,它们没有表现出继续打斗的欲望,而是憋足了劲,尽可能快地往家跑。

不过,在旅行结束之前,它们跟我玩了个不讲理的把戏,在一定程度上报复了我。

那印第安人助手的房子建在山脚下,他在房前挖了一条沟,围了道厚厚的栅栏,以便抵御扫荡着大湖的风暴——风暴会吹来雪花,在房子周围积起雪堆。这道栅栏有十五到十八英尺高。风暴已经在湖边堆起了积雪,差不多与栅栏的高度持平了。

通往屋子的大门旁边有一条常见的狗道。我当然不知道这个情况,但狗们知道,它们也习惯于走这条道。可是这天晚上,它们好像愤怒地要报复我这个战胜了它们的白人。当我们距房子只有几码远的时候,它们没有走平时走的那条路,而是朝堆积在湖边的雪堆冲去,带着我跃过高高的栅栏,扎进了远处的积雪。那可是十多英尺高的疯狂一跃啊!幸运的是,我们冲进去的那堆积雪足够深,能承受我们的下落。尽管如此,我还是过了好几个星期才缓过神来。报复完之后,狗们才挣扎着钻出雪堆,匆匆拉着我朝山脚边的房子跑去。印第安人灵敏的耳朵听到了我们的动静,熟悉的手抓住了狗绳,把它们牵走了。我呢,被一个吓得半死的女人领进了屋子。屋里,她那些受惊的小孩子们叽叽喳喳地提问,为什么他们的父亲的狗会那样带一个白人到这里来。

再次置身屋檐下,我很高兴。过了一会儿,特别是在看到我带来的东西之后,屋里所有的人都和我成了朋友。

其他人和狗当天夜里也到了。事实证明,我让生病的人服用的药是有效的。直到今天,他还生龙活虎地存在着呢。

拉大雪橇的狗和一次印第安人会议

有经验的老向导（他曾引导我的大部分旅程）和没经验的印第安人（我有时不得已会带着他们）之间的反差，的确非常大。最好的向导并不总是有空，他们是伟大的猎人，常常离开家乡，在遥远的狩猎场地上打猎。大哈德逊海湾公司因为拓展皮毛贸易，需要上好的向导，所以没经验的印第安人也常常被雇用。结果，我有时候就不得不跟不怎么懂行的人一起上路，他们对向导职责的了解还不如我多呢。

虽然这样的旅行会特别不幸，但确实经常发生。当我的狗染上各种疾病死去，我损失惨重，幸存的狗又奄奄一息，几乎没法干活，让它们上路未免有点残忍的时候，我就不得不用这些人。结果，在我的狗休整期间，我不仅得雇用那些没能耐的向导，还得雇用一群极其考验我的智慧和勇气的土著狗。

那些向导大多是奇怪的印第安人。不过，他们一讲到来找我的原因，我就立刻兴趣盎然了。他们是来自温尼伯湖西北边的一个代表团，被派来邀请我过去与他们在议会里会面，给他们提提建议，就像我对跟政府签订了条约的其他印第安部落所做的那样。

19世纪70年代早期，潮水般涌入温尼伯湖西北地区的白人定居者和探险者给印第安人造成了很大的麻烦。尽管印第安人得到了各种美好的承诺，但他们还是害怕会失去自己的土地、父辈的狩猎场，并且得不到公平的补偿。将心比心，我们能看到他们是多么困惑和烦恼。他们在迷惑的时候经常来找我，要我给他们解释异常的事，解释他们无法理解的那些"白脸人"的所作所为。有时候，为了让他们畅所欲言，我会听他们用新奇而又有趣的描述事物的方式给我讲那些令他们极度不安的白脸人的活动。

他们毫不迟疑地把他们的所见所闻告诉我。我一边听一边想，当忙着开拓事业的白人在印第安人才拥有无可置疑的权利的这片荒原上横冲直撞的时候，他们是否知道自己正被锐利的目光注视着，是否知道他们身后站着充满怀疑的印第安红人，这些印第安人手中握着忠实于他们的猎枪。

这些居住在新大陆北部草原和森林地区的"红人"，提到在条约签订之前、在他们的权利得到保证之前、在他们对白人的信任有所提升之前侵入他们家园的贪婪的探险者的数量时，都变得非常安静。

"我看见他，"有人说，"一个白脸人，带着平底锅，在我们的河流和湖泊上流窜。他停在岸边，把泥沙捧进那个平底锅里,使劲转它,转得那么快,一些沙子和水都飞出来了。锅底只剩下一点点沙子的时候,那个人把它们倒在白纸上,盯着白纸看了半天,有时候还会从口袋里掏出个小圆东西,眼睛放在那圆东西上朝白纸上看。然后,他又把沙子和白纸全都扔掉。之后,他又走到别的地方,做同样的事情。到晚上的时候,他把最后一点沙子扔掉,嘴里说着脏话,回到他的营地里去。"

"隔些日子,另一些白人进入我们的地方,有三四个。他们在大岩石旁搭好帐篷,那儿有一条白岩石混合带。他们在那儿住了好几天,带着锤子、凿子,对着白岩石又敲又凿。然后,他们又把敲下来的白岩石凿开,对这些石块做了好多令我们感到非常奇怪的事。之后,他们又探查了营地周围更多的地方,寻找这种白岩石,把它们成块成块地背回营地,对着它们敲敲打打,接着又全部扔掉。然后他们说更多的脏话,拆掉帐篷,到别处去了。"

我听了他们的这些困惑的话,向他们保证说,女王的政府,通过总督,会确保她的臣民受到有荣耀的对待,不会允许那些蜂拥而至的白人掠夺他们的矿产、渔场、森林和瀑布。

我的话令他们非常满意,特别是当他们发现在我的协助下另一个部落已经跟政府签订了对印第安人有利的条约之后。

他们再三要求我参加他们的篝火议会,并在议会上发表演说。我给他们的所有承诺使他们更加频繁地拜访我。

我的话让他们感到欢欣鼓舞。在听到我的承诺之后,他们火速返回了远方的家中。

我的工作领域已经拓展到整个英格兰那么大的地盘上了。这个印第安人的代表团所居住的地方,并不在我的工作区域内,可我的诺言已经许下了,我就必须去实现。

那时,我在温尼伯湖西边有几个传教点,所以我决定随他们走一趟。这一趟包括了我所有的工作,同时也能使我跟这些心烦意乱的印第安人会个面,安抚一下他们对失去土地的担忧。

瘟热已经杀死了我的好几只狗,其他的狗也在刚刚结束的一次艰难的旅程中受尽折磨。所以,在招募印第安旅伴时,我不仅雇了三个了解西部那块地方的人,也雇了他们的三个狗队——这样能让我的狗好好歇歇。然而,这次旅行还没有结束,我就非常想念我的狗了。

我们带了大量的物资和装备,因为要去的是新的区域,我们对这些地方的自然条件和食物的多寡都不太清楚。那个冬天,我雇的印第安人捕杀了好多驯鹿。所以,这次长途旅程,我有一大袋子鹿肉可以吃。我还准备了两大袋肥油和有营养的圆面包。这些,再加上充足的其他食物,使我们对自己的准备工作感到非常满意。

我们一大早就出发了,精神抖擞的狗跑了一整天。考虑到有那么重的物资,它们跑得还是相当不错的。我们在湖东岸的森林里安营扎寨。雪地里有一片浓密的香脂树林,正好为我们挡住了刺骨的寒风。

第二天天亮之前,在星星还没有隐去的时候,我们又上路了。我们穿越大湖,以免在天黑前到不了湖的另一边。这个湖非常宽,从我们当时所在的位置开始,狗得快跑好几个小时才能从此岸到达彼岸。半路上,我们发现了一个小岛,上面有一些仍然矗立着的死树。我们马上砍倒了两三棵树,很快就燃起一堆火,做了一顿美味的饭。饭后,我们继续赶路,加速前进,想要及时赶到西岸,好在天黑前能在那边的森林里宿营。可令我们大失所望的是,一股寒冷的雾霾挡在了我们和远方的湖岸之间。尽管我们依旧继续行进,我的印第安旅伴却变得非常迷糊,以至于偏离了既定的道路好几英里。打头阵的印第安人还没来得及宣告,黑夜就降临了。我们到了一个地方,堤岸竖立在水中。当然,水已经变成了冰。

我们试图找到一个地方能让我们的狗攀缘到上面的森林中去,但失败了,于是我们放弃了这天夜里在树林里好好扎个营的期望,开始为在冰上过夜做准备。幸运的是,堤岸是黏土质地的,夏天的风暴已经好多次深深地腐蚀了它们。堤岸上面有好些树,因为根部的土壤被冲刷走,树冠朝下,倒在堤岸下面了。积聚起来的雪堆把这些倒掉的树掩埋得几乎看不见了。我们用力挥舞斧子,砍下了不少树干和树枝,用来生火。

要想在冰上生出火来,让它燃烧,够做一顿饭,并能为我们的狗化出点雪水,就必须先弄个原木火种。越绿的木块越难燃烧起来,用这样的木块做火种,真正容易烧着的木块才好点起火来。树木的数量是有限的,或者说获取它们相当困难,因为它们被埋在雪堆里,埋得很深。

我们最后还是成功了。尽管没有灯,可星星一如既往地在遥远的天空上熠熠生辉。我们的火终于在冰地上熊熊燃烧起来,那真是一派奇异的景象。但我们没有时间感慨,因为我们非常清楚,一旦大火烧透下面的原木火种,融化的雪水就会把它熄灭。所以,人人都在忙碌,分秒必争,要么准备晚饭,要么为狗化鱼,一切都进行得如我们所愿。一些印第安人饭后精神焕发地出去,就着还在燃烧的火光砍了好些木柴,包括不少用来做新火种的青原木。这样我们就能让火熊熊燃烧,好准备床铺,在冰地上休息上几个小时。

我们对一个宁静安详的夜晚(我们急需的夜晚)的美好期待突然被粗暴地打乱,最后灰飞烟灭了。六个面相野蛮的印第安人领着他们的十多只饿得半死的凶狠的爱斯基摩狗,毫无征兆地闯进我们的营地。这些人非常热情地和我们打招呼,这说明他们期待我们给他们一顿丰盛的晚餐。但是他们饿狼一般的狗连声礼貌的问候都没有,就直接对我们的狗发起了猛烈的袭击,把我们的狗从火堆边赶走后,便开始噬咬一切可以吃的东西。我的印第安旅伴愤怒极了,立刻抓起鞭子和煽火板,狠狠地鞭打那群饿狗,最后终于把它们赶到离火堆有好几码远的地方了。我们意识到等着我们的将是一个悲惨的夜晚,意外不断,毫无愉悦可言。

我们这边的两个人用鞭子和木棍将入侵的爱斯基摩狗

往营地外赶时,我的其他印第安旅伴和来访的这群陌生人聊了起来。他们告诉我,他们来自暨迪斯地区,是到温尼伯湖冰面上猎鱼来的,同时也猎取沿岸森林里他们能发现的一切猎物。他们说他们没有什么收获,非常饿。

我慷慨地给了他们一顿晚餐,还有一大包茶。经过一番长谈后,我礼貌地请他们回到他们自己的营地去。他们的营地在湖岸上游,距离这儿有一段距离。他们是在那儿看见我们的营火,循着亮光找过来的。唉,我请他们离去的郑重的声明和温和的言辞根本没用!他们似乎根本没有意识到我们很累、很疲倦,需要好好休息一晚。他们说的是:"我们真高兴遇见印第安人的黑衣朋友,只要可能,我们就必须和他待在一起。"

于是,他们开始干起活来,用我给他们的锅煮食物。看到没法摆脱他们,我跟我的人简单地商量了一下,想着如何最好地保护我们的物资不被那群狡猾的无赖狗损害。它们看上去多么无辜啊,挤成一团,坐在冰地上,就等着我们睡觉去呢。

两个人走到雪橇边,在雪橇和我们带的物资之间睡下。他们设法熬过了这一夜,损失了一些鱼,系在雪橇上的不少鹿皮也被咬走了。

我和我的向导负责熟食袋。我们把包裹放在铺在冰地上的床铺的被单下面。我准备了一些木棍和枝条放在身边,还有我的重狗鞭,以备不时之需。

我们的印第安来访者终于看出了我们急于睡觉,便离开了,可他们的狗却不走。我们的人想把这群饿得半死的畜生赶走,让它们跟上它们的主人,但是同样劳而无功。它们一点都不在乎主人的呼唤声,也不在乎落在它们身上的棍棒和咒骂。

午夜已经过去了很久,几堆篝火里的原木火种都燃透了,融化的冰水嘶嘶作响,熄灭了火苗,只有较高处的火苗还勇敢地挣扎着,保持着它们的明亮。

黑暗最终笼罩了我们,"趣事"很快就开始了。尽管我们有所防备,那些爱斯基摩狗还是让我们感到难以对付。它们从我们身上跨过去,或者坐在我们身上,在我们周围蹿来跳去,打斗着。醒过来时,我觉得自己好像还身处梦魇之中。我们朝它们扔棍棒,用鞭子击打它们,把它们赶到冰湖深处,但我们一回来,它们就又跑回来了。我们以为自己是不错的看守,至少我们当中的一些人总是处于警惕状态的,可我们的一切努力都是徒劳的。那些狗偷走了我们的鹿肉、圆面包和其他许多东西。一只狗吃掉了好几码的重鞭子,另一只狗把一个人的软皮靴叼走,怕是也吃掉了。篝火还明亮的时候,那个人把他的软皮靴脱下来想烘干,后来火焰突然被冰水熄灭,他却忘了把鞋移开。第二天晨幕初启时,我们这群旅行者全都垂头丧气,沮丧极了。我的旅伴把那些腼腆的狗从远处唤回来。谢天谢地,它们倒没有被吃掉。我们给它们套上索套,装上我们的物资——或者说剩下的装备,旅程又开始了。我们全都打定主意,如果可能的话,将来我们得在森林里宿营。在森林里,即使再次遭到比我们强壮得多的狗的袭击,我们至少可以把东西挂到树上去,必要时我们自己也能爬上树。

我们的热情因物资的大幅度减少而冷却下来。我们要战胜爱斯基摩狗的自负降到了冰点,大伙儿默不作声地赶路,安静极了。我只记得那天有人问了这么一个问题:"要是邪恶以动物的样子来骚扰咱们,那会是什么样的动物呢?"

印第安向导回答:"爱斯基摩狗。"我们全都肯定地附和:"没错!"

入夜之后,我们到了一个传教站。在这儿,我们换了些鱼和兔肉,以代替被那些土著狗盗走的食物。在这里待了几天后,旅行继续。一路上也是状况不断,我们大都不怎么愉快。靠着这些雇来的狗,我们在既定的时间到达了将要召开议会的印第安村落。

那些拜访过我的当地人回家以后,明显是将他们的经历光鲜地叙述了一番。我们发现村里的人都非常兴奋,热切地想听听"黑衣人"会就那些至关重要的问题对他们说些什么。

他们鸣枪(他们拥有的全部的枪)向我们致敬。他们取下他们嘴里的烟管递给我们,一点也不讲究"抽烟礼仪"。我不得不把烟管转给我的印第安旅伴,让他们替我吸烟。说来也怪,他们倒是非常乐意,甚至抢着替我吸呢!

闹哄哄的欢迎仪式结束后,我们的首要任务是安顿好雪橇以及雪橇上的重要物资。我的印第安赶狗人用一根木棒和两根皮带，按照我在别的地方讲过的方法，将他们的狗牢牢拴住。这个村子里随处可见饿狗出没，我们觉得唯一安全的办法是把我们的雪橇和暂时不用的物资放在一个距地面至少八英尺高的空鱼台上。还算幸运，它们在那儿很安全。

村里所有人都回他们的棚屋去了。吃过晚饭后，议会才开始举行。这是一次重要的聚会。这些印第安人用原木搭建了一个会议室，能容纳几百人。我被领了进去。里面的景象真是奇特到了极点：屋子中央有一个高出来的平台，篝火正在平台上面燃烧。围坐在平台周围的是酋长和这个部落中的重要人物，以及从其他地方赶来的重要客人——他们是来聆听令许多印第安部族不安的问题的相关信息的。所有人都拿出了自己最好的印第安服饰，不少人穿得光彩照人。

伴随着复杂的仪式，烟管或者说"和平之管"被点燃，在围坐于平台边的人们之间传递。每个人都吸了一两口，烟管最后回到主事的酋长手中，酋长把它递给他的"持烟人"。这之后，会议就开始了，持续了好几个小时。印第安人是天生的演说家，他们乐于发声，表达流畅，描绘生动，想象力丰富，时时令人惊诧。

如果一个印第安演说者对某个话题产生兴趣，并对其沉思良久，他便会给出一场令许多更文明地区的演说者嫉妒却很少能望其项背的演说。

印第安人在辩论的时候是非常谦恭又非常高贵的：一

个人在发言的时候决不会被打断。所有人对他的观点都投以最热切的关注，无论他们自己的看法与之有多大的不同，也无论他们可能对发言人的话感到多么恼火。那种粗暴地打断正在演说中的演讲者的事，在印第安人当中是闻所未闻的。

另一件引人注目的事，是他们持久的记忆力以及演说者回应对手的能力。记笔记这种事，他们可不知道，因此他们只依靠他们的好记性，而他们的记忆力几乎从来没有出过差错。

在我们参加的这次会议上，对于要求政府放弃他们拥有的土地这个问题，有许多不同意见。一开始，有人提出一个非常有趣的要求：应该允许他们每个人免费坐"冒烟车"，"白脸人"日后会在他们的村寨里运营这种车。这个要求作为一项让他们放弃自己领地的必要条件，受到与会者极力推崇。当我坦率地告诉他们这恐怕办不到的时候，他们似乎相当郁闷和失望。我告诉他们，就跟我们要花钱买狗，狗要拉雪橇一样，白人运营这些火车要有花费，而且要多得多。每个人——可能除了酋长——去跟总督会面和议事的时候，要想坐火车，都得自己掏钱。然而，他们仍旧非常不乐意放弃这个要求。很明显，他们对这个要求是动了一番心思的。

在接下来的讨论中，我得向他们解释，即使给他们承诺了这种好处，讨好了酋长们，他们的领地上也没有能跑火车的土地。我试图让他们明白，如果在他们本该种植土豆、播种谷物的土地上运行火车,将会对他们的部落造成什么样的伤害。会怎样?他们很快会饿死的。这番解释,以及酋长们很可能在去和总督议事的时候提及他们的土地不可变更用途的事实,让他们同意了我的观点。

接下来还有几番特别有趣的现场讨论,是关于可怕的疾病的——印第安人若不待在家里做自己的事,而是在村寨里闲游乱逛,这些疾病也许会在重要的时刻爆发。

午夜时分,会议结束了。烟管又轮流转了一圈。他们向我这个白人兄弟致以感谢之辞。"他,"他们说,"走了这么远来安抚我们,他的心如此善良。"然后,印第安人一个接一个地离开了,只留下我和我的人待在开会的屋子里。在靠近篝火余烬的地方,我铺开床铺,准备睡觉。我的旅伴躺在我的旁边,身上裹着兔皮毯子,我们很快就沉沉睡去。第二天,我们继续行程,经过了其他几个地方,没有遇到什么特别的险情就回到了家中。

第二年,政府官员去跟这些印第安人签订条约时,对后者在讨论各项条款时表现出来的敏捷和智慧感到又惊又喜。他们惊讶地发现,这些印第安人没有再固执地提出免费乘坐"冒烟车"的要求。同其他地方的印第安人的表现比起来,这里的印第安人可是大为不同啊!一些白人官员忍不住问他们为何如此谦逊。

"哦,"他们回答说,"是这样的,我们在我们的议会里跟一位'黑衣人'谈过,发现在这里坐火车转悠对我们没什么好处。人们应该在家里专注自己的事情。"

圣伯纳犬杰克

"一位穷牧师的狗,请不要偷走它。"

它脖子的条环上镶着一片铜板,铜板上刻着这行字。它是一只令人瞩目的圣伯纳犬,名叫杰克。一个多月来,它一直在路上跑,其间被转接、传送过好多次,已经旅行了三百多英里。还有一只非常漂亮的纯种纽芬兰犬,名叫卡菲,是它的旅伴。它们都是安大略省汉密尔顿的桑福德参议员阁下送给我的礼物。

北方的爱斯基摩狗和杂种狗的毛病太多,脾性恶劣,让我深恶痛绝。我便写信给我工业文明世界里的朋友,请他们救救场,给我弄些有用的大狗来。这些狗,朋友们只是养着玩的,但却能帮我的大忙。每年冬天,我都要坐狗拉雪橇旅行几千英里去工作,这些狗能派上大用场。那时我的请求引发了朋友们的不少嬉笑,因为对一些人而言,这请求太奇怪了。但几位能理解我的处境的好朋友慷慨大方地回应了我,不久,我就拥有了那片大荒原上最好的狗。

有了它们,旅行就变成了一件非常快乐的事情。这些狗

35

拥有爱斯基摩狗所有的好品格,却没有它们那爱偷盗的坏品性。在任何危急情况下,它们都是我能依靠的。我充分地知道它们会毫无差错地做你有理由期待狗去做的一切事情。加上小狗,我在同一时期内通常拥有三十只狗。这对一个传教士来说,似乎有些多。但你得知道,一般地讲,我不仅需要四队狗拉雪橇,去有效地完成漫长的冬季旅程中的工作,而且在传教所的家中,我也有一些事情需要两队强壮的狗帮忙。

我妻子也有一个高效的主力狗队。它们在一个能干的赶狗人的驱使下,载着她去完成她安抚和帮助当地人的工作,比如拜访疾病流行的印第安人居住的棚屋区和其他一些卑微的家庭。在某些冬日里,教堂、学校以及传教所要的全部木柴都得用我的雪橇从附近的森林里拉来。除此之外,因为已经在这片乡野上待了一段时间,我便养了几只母牛。另外,三年来,我还在纬度如此高的地方冒险养了两匹马。我需要大量的干草料,它们都是在短暂的夏季里,在遥远的沼泽地和干海狸草场里砍好、晒干,并由安置了特殊装备的雪橇拉回我的马厩的。因此,当意识到好狗对于高效的工作是多么重要时,我是带着巨大的期待和快乐欢迎杰克和卡菲的到来的。它们两个都不曾令我失望。

盛年期的杰克前肩有三十英尺高,体重在一百八十磅到两百磅之间。像我所有的狗一样,当我们从常常持续几个星期的艰辛旅程中归来的时候,它的体重降到了最低点。在劝导它做常规工作方面,我倒是一点麻烦也没有,只要说几句和善的话,以及付出一点点耐心,而这点时间如果用来驯服那些不怎么样的狗是不够的。我跟它唯一的"斗争"和卡菲有关,这个我日后再说。

杰克在狗队里是"二把手"。它能够出色地领队,也能如一只训练有素的狗那样迅速对各种召唤做出反应。但它拥有一种对主人过分关切的性格。它和主人太亲密了,如果我们将它放在首领的位置上,而我们又行进在一条危险的道路上,杰克会产生这么一个念头:它的主人正有遭遇灾难和毁灭的危险。有时候,恰恰就在最糟糕的地点,它会突然带着整个狗队打个回旋,猛然冲到雪橇的后面我坐着的地方,把它的大脸贴上我的脸。要是狗会说话,那它说的就会是:"主人,这是个非常危险的地方,所以我跑过来看看你是否安全。"

这当然是杰克对我的关心和仁慈,可它只是一只狗,没有意识到它这个突然的回转尽管显示了对主人的牵挂,却大大增加了行程的危险。因此,在经历了两三次这种非常危险的旅行"惊喜"之后,杰克被贬为狗队的二把手。卡菲在它的后面,而一只强壮、训练有素的狗占据了狗队最危险、最需责任心的位置。比起狗队中的其他狗,领头狗是最容易出意外、最容易受伤的。在狭窄弯曲的道路上,它必须用机敏的眼睛观察,必须灵巧地左右移动,必须引导雪橇避免与树相撞。路上的树常常很多,它们会出其不意地挡道。如果它前面的三只狗傻傻地冲进两棵离得非常近的树之间,雪橇能不能完好无损地通过就不那么好说了。狗队中最后一只狗的责任就是及时地停住，猛然往后一甩身体，它前面的三只狗也就会突然被拉停。某些雪橇狗训练有素，非常聪明，在工作时似乎能在离那两棵树只有几英尺的时候就判断出那狭窄的通道够不够宽，够不够让雪橇通过。它们非常明白它们有责任让雪橇顺利通过。

我自己最喜欢的狗队中的"旅行者"，是一只出色的领头狗。它是一只独眼大狗，血统我不清楚，阴郁，不怎么合群，但好几年来它都是一位无可匹敌的"领袖"。我在别的章节中会讲些关于它的趣事。

瘟热和其他疾病时不时会给狗带来灾难。近几年里，我的狗队中至少有三分之一的狗就这么没了。因此，我总是有必要养一些小狗好进行补充，以替代那些倒下的狗。训练这些新狗有时候很不容易。有些狗，像杰克和卡菲，自然很快就适应了它们的工作；而另一些狗，在它们妥协、能派上用场之前，会表现出异常决绝的姿态，固执地进行抵抗。在训练这些倔强的新狗时，我发现杰克是我最好的助手，它也很喜欢这活。看到它助我一臂之力时的聪明劲和善解人意，我真的非常惊诧。在训练某只体形庞大的新狗时，我通常是把它和另外三只强壮、训练有素的狗拴成一队，三只训练有素的狗在它的前面，而它的后面，则由杰克控制。"前进"的命令发出后，老狗当然立刻奋勇向前，而这新狗呢，通常会试图抵抗，固执地逡巡不前。它会孤注一掷地使出全力，死死地站在原地，抵抗前面狗的拉扯。而这正是杰克展示自己能力的一个机会，它能迅速地带领新狗融入队

伍。

"去,杰克,逮住它。"我只要这么一说,它便一声狂吠,跳向固执的新狗,同时发出比实际撕咬时更多、更恐怖的吠叫,把那只新狗吓得发抖。后者不顾一切地跳脚、狂奔,想要摆脱身后这只庞大的活蹦乱跳的狗。只要新狗一直在正道上,杰克就不会攻击他。可经常发生的情况是:执拗的狗不愿那么快就屈服,所以会使出各种花招,其中之一是企图跑到稳步行进的狗的前面去。这举动杰克很容易就能阻止。有时候它会冲向前,突然用后腿或尾巴抓住越轨者,迅速将它拽回本来的位置。另外一些时候,它会猛地一甩身体,后劲大得使越轨者立刻弹回队伍中。新狗使出的每一个花招和诡计都会被它迅速击败。过不了多久,这新狗就会充分领悟训练课的要求,完全适应它的工作了。

观看杰克如何屈尊对待这些狗,真是特别有趣。一旦这些新狗被驯服,它们身上的绳索就会被卸下。在训练它们的时候,杰克像是凶恶和愤怒的化身。而现在呢,既然它们已经屈服,它就会以狗的方式,舔舐它们的脸和身上的伤痕,眼睛里满是热切的关爱。一开始,其中的一些狗不太乐意接受这种友好的表示,但最终——也许会经过一两次打斗,它们会变得特别依赖它,把它当作自己的朋友。它们也从未质疑过它在狗队里处于主宰它们的位置,无论这个狗队是由多少只大狗组成的。

在我们决定于天亮之前继续赶路的时候,杰克可是冬日寒冷的营地里的好帮手。我们发现有些狗找不到了,这真让人心急火燎。狡猾的白狗躺在雪地里,身影一点也看不见,对召唤它们的叫喊充耳不闻,不管那喊声有多响亮。另一些毛色深一些的狗,非常清楚如果它们躺在纯白的雪地上的窝里,它们的肤色会让它们暴露。于是,一察觉到营地里有任何动静,它们就会偷偷摸摸地溜进香脂树浓密的枝叶里,同样对呼唤声装聋作哑,也不管那喊声把它们的名字加上了什么样的前缀。它们这些偷偷摸摸的把戏最让人烦恼了,有时候会导致长时间的耽搁。当杰克最终控制住局势,迅速将讨厌的躲藏起来的狗捉回来,证明自己在这场追寻中一个顶俩的时候,我的印第安赶狗人总是对它非常非常满意。

杰克在狗群中是个相当有特权的角色,因为它和卡菲在营地里总是睡在我身旁,就在我的袍子旁边。人们给狗队套上绳索时,很快就会发现哪些狗不见了。他们通常得费好大一番工夫才能逮回来几只。后来大家来找我,请杰克去帮他们的忙。杰克呢,看到还有狗没找到,立刻准备干活。我所要做的,只是向它指指空着的项圈,告诉它:“去吧,去找到应该戴上这项圈的狗。”而它呢,认真地闻了一下项圈,便一个箭步冲了出去。它会在营地周围转了又转,直到发现它寻找的那只狗的踪迹,然后快乐地吠叫一声,向我们报告它在正确的现场,那只旷工的狗很快就会被赶回营地了。杰克休息了几分钟之后——在此期间它因这次成功受到好一番表扬——有人又将另一个空项圈指给它看,它再次飞跑出去。有时候,某只难缠的狗企图和杰克打斗,但这样的狗从没有第二次挑衅的机会,因为杰克会给它一顿令它震颤的反击。就这样,开溜的狗被一只只赶回来,车队做好了准备,新一天的旅程便可以开始了。

杰克和卡菲被允许和我们住在室内,享受舒适的生活。当冬天来临,即便它们没有长途跋涉,比起那些不习惯室内温暖的狗,它们也更应该受到很好的关照。所以,每天晚上,当那忠实而专注的印第安人给我铺好床铺,把我严严实实地裹好后,杰克就会敏捷地在我后边伸展开它庞大的身躯,而卡菲,更喜欢蜷缩在我脚边的袍子上。它选择这个地方,无疑是因为我脚边不远处有一堆熊熊燃烧的火焰。只要火焰继续燃烧,杰克就乐于享受它的温暖。在杰克的另一边,靠近我的地方,我的向导和印第安赶狗人蜷缩在他们暖和的兔皮袍子下,睡得很香。然而,在寒冷刺骨的夜晚,我时常觉得自己真的会冻死。

我们偶尔允许一些表现良好的年轻的狗睡在印第安人的脚边或周围。不过,一般情况下,它们得在雪地上挖洞,尽可能舒服地睡在里面。奇怪的是,它们并不挤在一起睡,以便保持彼此的温暖。即使杰克和卡菲这样的好朋友,虽然非常喜欢彼此,也从不贴近了睡。

在漫长的冬天里,我要到相距遥远的各地(这些地方位于这片广袤乡野的不同区域)传教。在不同的旅程之间,我绝对需要假期。杰克充分享受着这些假期,尽管它在工作的时候从未表现出任何疲倦或颓唐的迹象。无论暴风雪多么狂暴,无论道路多么崎岖,它的头始终高昂,步伐始终不曾松懈。在艰辛的路途中,其他狗可能(事实上也常常)垂头丧气,以至于我的责骂和鞭子不得不落在它们身上,但杰克始终保持着勇往直前的精神。然而,一旦工作结束,再次在传教所的书房的狼皮地毯上伸展开身体时,它似乎知道,这休息时间是它辛苦赚得的,它要充分地享受休息。它只想安安静静、不受打扰地待上三四天,之后,它就又是它自己了,照样乐意跟那些与它忠实相伴的小狗们嬉戏;或者戏弄厨房里的印第安帮厨女孩,时不时把她捉弄得心猿意马,几乎不能专心干活,却让其他人因此哈哈大笑。杰克的作用可不是一样两样。在干完一天繁重的工作之后回到家,我腰酸腿疼,疲惫不堪,这时我只要喊一声:“拖鞋!”杰克马上就会明白,立刻就跑去找拖鞋了。有时候,为了考验考验它的能力,我故意把拖鞋藏起来,然后饶有兴趣地看着它辛勤地跑遍每一个房间,直到把拖鞋找出来。它寻找的时间越长,它将拖鞋叼给我的时候似乎就越自豪。一天,它在外面另一个房间里,我在书房里,我大喊一声:“拖鞋!拖鞋!”杰克立刻开始像往常一样搜寻。它找遍了每一间屋子。它缠着女人们,让她们为它打开橱柜和抽屉,却一无所获。它走进书房,准备向我报告它的失败,不料一眼瞥见拖鞋就在我的脚上。它瞪了我一眼,这一眼如果在人的脸上,可以称之为厌恶的一眼。然后,它傲慢地转身离开书房,那一整天都没有再走进来。这之后,每当我喊“拖鞋”的时候,尽管出于忠诚,它不会不听从,但总是会先跑到书房,查看一下我的脚上有没有它要找的东西。如果它们在我脚上，它就会瞅我一眼，似乎在说：

"真遗憾，我的主人变得越来越漫不经心了。"

在这一天剩下的时间里，"拖鞋"的喊声再也引不起它半点注意了。

杰 克 轶 事

　　杰克的家务决不限于寻找拖鞋。它和卡菲总是被允许进入我的房间。它非常明白这是要它看好其他狗——除非有特别的允许,其他狗不可以跨过门槛。它也被允许进入教堂,但若哪只印第安狗胆敢进教堂,那可是白找麻烦——后者几乎不敢做第二次尝试。

　　在北方乡野的那片大森林中,树木唯一的用途就是做柴火。因为这里的冬天有七八个月长,我们需要很多的木柴,又因为我们通常生的是明火,我们的大木柴库的储备总是消耗得很快。所以,大木柴库就得不时用外面大柴火堆里的木柴填满。这项搬运木柴的工作相当辛苦。如果周围没有闲着的男人,帮厨的女孩就得一个人干。一天,那女孩感到这活计特别特别累,便提议说也许能诱使杰克来做,好为它的聪明增添新的证据。说做就做,一群人组织起来,欢声笑语不断,人人都忙着搬木柴。杰克总是喜欢各种让它欢乐的活动,自然也就被邀请加入这个活动。它自豪地叼着分配给它的木柴,走进厨房,像其他人一样敏捷地将它放在木柴盒里。没过多久,它就充分理解了这项工作,并且非常擅长,不再需要有人跟着它去做了。当木柴堆变矮时,只要有人说一声:"那大懒狗知不知道木柴盒要空了?"就行了。

无需多言,杰克立刻忙起来了。它会先打开厨房门,让门敞开着,然后勤奋地进进出出,把木柴棍一根一根地叼进来,直到有人对它说已经够了。听到人们赞扬它做得不错,它就特别高兴。这并不是一个轻松的差事,因为木柴棍至少有三英尺长,每根重达七磅。

杰克很快就意识到我们是把这个当作它的聪明的一个表现。因此,当它特别想炫耀,或是想赢得额外的恭维或好处时,它就会殷勤地跑去搬运木柴。

漫长的冬日旅程里几乎没有什么乐趣,但是杰克会带给我们一些笑声,或者引起我们对它的某些新的精明和技能的浓厚兴趣。我的印第安赶狗人全都因它出色的气力和持久的耐性而喜爱它,不过也明显有些怕它——它的体格太庞大了。有一次,我看到一个印第安赶狗人举起了鞭子,似乎要抽打它,但鞭子并没有落下来。杰克看见了这个动作。虽然它是狗队的"二把手",却倏地转过身,面向这个人。它的动作那么突然,以至于把库纳——领头狗——也一块拽过去了。那一天,这个印第安人赶着传教士的雪橇,一定没感觉到多少乐趣。

在一个寒冷刺骨的日子里,杰克从温尼伯湖薄冰层上的一个大裂缝里掉下去了,这着实吓了我们一大跳。回过神以后，我们好一番大笑。前一天晚上，当我们躺在岸边森林中的雪地上的营地里时，就频频听见轰隆隆的声音，像是远方的雷鸣或者重火炮的爆炸声。我的印第安旅伴简明扼要地回答了我的问题："冰裂，极寒，孔洞，非常危险，小心。"

我必须进一步解释他的这个回答。他的意思是：虽然冰有几英尺厚，但当寒冷达到一定程度时，极度的收缩会导致冰突然猛烈地爆裂，形成所谓的大孔洞或大裂缝。这些孔洞和裂缝常常有好几英里长，但一般只有几英尺宽。对于匆忙的赶路者，这些裂缝非常危险，特别是在昏暗的夜晚。水会立刻向上喷涌，有时甚至挟带着冰块。在它冻得足够坚硬、能支撑任何碰巧走过来的猎人或行人之前，还有很长一段时间。更危险的是，没有什么明显的迹象表明它的存在，直到掉进去了，不幸的行人才会感觉到它。结果通常是九死一生，时常有一些严重的事故发生。

一天晚上，我替代了我的向导——他因为膝盖痛得厉害，不能工作。当我面朝北极星，在车队前面领路时，无意中瞥了一眼冰湖的湖面——我们正在湖面上全速前进——立刻吓了一跳！星星的影子栩栩如生！起初，它们看起来像是贴在冰面上，在我前面几码远的地方。我加快步伐，正打算投入这"星星之海"，蓦然惊恐地发现前面有一个大水洞！我猛然止住脚步，倏地回身冲我的狗和印第安人大喊道："停！"他们就要赶上我了。甚至连有经验的老印第安人也觉得我这次能逃脱危险是一个奇迹。那平静的水面上一点冰层也没有,水面在我们两边绵延了不知多少英里,而在我们前面只有几码宽。很明显,它裂开刚刚一个小时,至多两个小时的样子。我们跋涉了很久,才发现了一个裂缝狭窄得足以让我们通过的地方,于是继续前行。

另有一次,我们在一个冰很薄的地方经历了一次奇怪的险情,杰克体验了一回九死一生的感觉。当时我们正行进在温尼伯湖上,天冷得刺骨。之前的一天晚上,我们听到浩瀚的冰面上发出轰隆隆的声音,都小心翼翼的,以免踩进大裂缝和冰洞里。所有的预防措施都挺管用,不过也有一些意外情况发生:当这些冰洞里水结了冰,飘扬的雪片在冰面上流动时,半英寸厚的冰面看起来像有六英尺厚一样。当时,顽皮的库纳是狗队的头领,杰克是二把手,卡菲和恺撒在它们后面。那天早晨的向导是个步履轻盈的家伙,他能轻松地在那么薄的冰面上行走,这是普通白人想都不敢想的。加速前进时,我们碰上了一个危险的冰裂,那地方裂开必定还刚刚几个小时,上面已经结冰,足以让离我几百码远的向导安全地跨过去。当我的车队赶到时,这新形成的冰层还好好的,可就在库纳刚跳到另一边坚实的旧冰面上的那一瞬间,新冰层在杰克的脚下裂开了,它一下子掉进了冰冷的水里。可怜的家伙!它完全被淹没了,瞬间就全部浸透在温度那么低的水里面了。在这危急时刻,狗们反应之迅速真令人惊诧:只见库纳用尽全身力气,死死地站在冰层上,而杰克后面的狗立刻后退到它们的项圈和套绳所允许的最远距离,这才将杰克拉起来。

我们迅速行动起来，要过去把它弄出来，同时还要防止其他狗再掉进去。一辆雪橇卸下物资，松开缰绳，印第安人小心翼翼地将它推到杰克身旁没破裂的一边，又仔细地将雪橇前端搭在前面坚硬的冰上，雪橇后端所在的陈冰冻得牢牢实实，足以使它不会陷下去。然后，两个印第安人小心翼翼地踏上这临时搭建的桥，后脚紧紧地踏在前面的脚印上，不一会儿就把冻得哆哆嗦嗦的杰克弄到雪橇板上来了。杰克后面的卡菲和恺撒也很小心地在同一座桥上引路，一点差错都没出。我在它们拉的大雪橇上安全地跟着，整个队伍就这样通过了这一段。杰克看上去糟透了，它那原本墨黑色的光滑的皮毛变得雪白雪白的，成了"冻杰克"。它可怜兮兮地望着我们，想寻求帮助。可是我们当时距湖岸至少有十二英里，在这冰天雪地里一筹莫展，什么也不能为它做。

"往湖岸前进，"我喊道："谁第一个赶在主人之前到达岸上，生好篝火，好让可怜的杰克身上的冰快点融化，谁就能得到一件法兰绒衬衣。"

我们即刻出发。法兰绒衬衣对印第安人来说可是个了不得的东西，所以他们的鞭子扬起来，飒飒作响。伴随着车手们快活的吆喝声，雪橇车飞奔向前。因为身上有重重的冰块，杰克一开始似乎有些茫然和沮丧，但不一会儿就直起了身子。它明显意识到自己的生命取决于能不能快速到达那遥远的湖岸，于是鼓足力气，一跃而前，那劲头令我们全都赞叹不已。它似乎领导着车队里其他的狗拉着大雪橇和它的主人一起在为它的生命奔跑。半英里之内没有别的狗队，我们从湖岸冲进宜居的森林。那天没有谁赢得法兰绒衬衫。

我们的斧子尽可能快地抢起来。随着一个接一个印第安人的到达，枯树迅速被砍倒，我们清扫出一块雪地，生起了熊熊燃烧的篝火。一件牛皮袍子被扔到明亮的火苗前，披在杰克身上。它仍然裹在冰里，和身无一斑的库纳一样雪白。我本来还担心：为了让它身上的冰雪快点融化，也许至少得有两个人将它控制在离火足够近的地方才行呢！

开阔地上的温度低至零下四五十摄氏度时，融冰是不大可能的，除非它靠火焰非常近。绝大多数狗都不愿意待在离火太近的地方，因为那有让它们的皮毛烧着的危险。我自然也有这样的担心，害怕自己可能救不了这高贵的狗。然而，我的担忧很快变成了开心，因为杰克立刻展示出令我惊诧的智慧。它一弄明白牛皮袍和篝火是为它准备的，便立刻充分利用起来它们来。一开始，它转动着自己的四肢，让身体的不同部分尽可能地靠近篝火，同时又不被烧着。过了一会儿，它似乎觉得这样效果不太好，于是便直起后腿，像只跳舞的大熊，绕着熊熊的篝火又蹦又跳，不停地扭动着身子，好让明亮、暖和的火焰温暖它身体的每一部分。

在这强烈的热力的作用下，杰克身上的大冰块很快就融化了，冰水从它的后腿流下，流在牛皮袍子上。起初，这让它很烦，但它机敏地从一块干地上跳到另一块干地上，仍旧尽可能近地靠近火焰。在篝火的另一边，我和印第安人观看着它这些了不起的举动。要说我们笑得眼泪都掉下来了,那都还只是轻描淡写。杰克对我们的笑声毫不在意。这对它来说可是生死攸关的事,它做得专心致志,直到身上的每一片冰都融化了,冰冷的雪水也都烤干了,它那光滑的皮毛重现出来。在这期间,它全神贯注,没有一次注意到我们中的任何一个人,甚至连特意看我们一眼也没有。我们当然很高兴:它能不要我们的帮助,自己弄干自己。于是我们小心翼翼地尽量不去打搅它。当它心满意足地把自己收拾妥当时,我们迅速给它套上项圈和绳套,让它回归它在狗队里的位置,重新上路。这次意外落水并没有减弱杰克的能力,但从此以后,它走到冰层似乎不那么结实的地方时,总是小心翼翼的。它这次经历的险况,以及在篝火旁又蹦又跳让冰雪融化时表现出来的令人赞叹的聪明劲儿,成为当地印第安人在篝火旁讲述的最主要的一个故事,一直讲了好多年。

厨房里频繁更换帮厨女工总是令杰克困惑不已。它对这些不认识的女孩走进厨房熟练地干着她们的活儿充满怀疑。帮厨女孩通常跟我们待六个月,这期间,如果未婚,她会跟某个雄心勃勃的印第安单身青年结婚——这些单身汉总是炙手可热的。我的妻子会教给将结婚的女孩一些为妇之道。因此杰克被警告要行为端正,让新来的女孩自由出入。一开始,看它如何观察新来的女孩,如何迅速地在她身上找到乐子是挺有趣的。如果这个女孩特别急于将屋门关上,杰克便会快活地、不停地打开它。它好长时间里都会这么干，直到女孩不断抱怨，它因此受到好一顿责骂。

有一年夏天，我们的帮厨女工是一个胖胖的、好脾气的印第安女孩，我们都叫她玛丽。一开始，杰克没能找到捉弄她的办法。她对它绝对视而不见，一点都不害怕它。这似乎令杰克感到受了羞辱，因为大部分女孩看到这么一只庞大的家伙站在面前，都会顺其所愿。可玛丽不是这样的女孩，她会喊叫："滚远点，别挡我的道！"她无视它的庞大，待它就像待最小的小狗一样。这令杰克非常恼火，但它不敢报复她，甚至连吼都不敢吼一声。玛丽有一个弱点，杰克不久就发现了，那就是她总把厨房的地板擦得一尘不染。女主人曾许诺，如果她能保持厨房干净整洁，会给她额外的奖赏。这女孩急于赢得奖赏，向她的女主人证明自己的能干，因此好像把所有的闲暇时间都用在擦地板上了。不知为什么，杰克发现了这一点。它把自己的脚弄得能多脏就有多脏，或者一头扎进湖里，弄得浑身滴水，然后走进厨房，干干净净的地板立刻变得一团糟，令玛丽万分恼火。它呢，则万分快活。也许因为自己尝试过的很多把戏都被玛丽识破而感到被羞辱，它似乎从这项"发明"中收获了极大的乐趣。

另外一些时候，当杰克注意到玛丽正要开始擦洗地板时，便故意伸展身体，趴在地板上面，对任何玛丽想将它赶走的企图表现出相当的抵抗。不管是她给其他狗喂食，还是大声喊叫，使它们兴奋地在外面狂吠，都不管用。曾经有一两次杰克被她这么糊弄过，但现在不管她使什么招数，都别想让它挪动一下。有那么一次,玛丽成功地用一些聪明的花招把它弄了出去,然后紧紧地关上门,无论它怎么喀哒喀哒地扯门栓都无济于事。看到用平时的办法打不开门,杰克沮丧地走到木柴堆边,叼上一片大木条,回到门边,使劲用这大木条撞门。它撞得那么狠,玛丽觉得门板都要垮了,于是不得已打开门,让它进去。

杰克叼着木条,趾高气扬地走进厨房。它把木柴放进火柴盒,酷酷地伸展着身体,然后趴在最碍事的地方。可怜的玛丽再也受不了了。通常,她是很享受自己对付杰克的那些小聪明的,对它除了一些抱怨,也没什么别的不满。可是这一次,杰克撞门的诡计超出了她能忍耐的限度,因此,她任这大家伙在厨房地板上趴着,自己气冲冲地走进我的书房,用生动的当地方言向我讲述了杰克妨碍她干活的那些花招和诡计。显然,它做得太过分了,应该受到责备,必须阻止它。

我们利用它对我们小孩子的热爱来达到这个目的。杰克很爱"萨嘎斯塔科莫"(印第安人喜欢这样称呼我家那个活泼的四岁的孩子),对他忠心耿耿,言听计从,小家伙最轻微的希望对它来说都是法律。现在,到了检测它忠心的时候了。玛丽一抱怨完,我就转向我那小家伙,他正忙着玩玩具呢。我对他说:"艾迪,去告诉那淘气的杰克,必须停止捉弄玛丽,告诉它厨房不是它待的地方,它得到外面去。"

艾迪已经听说玛丽的事了,也明显知道是杰克做错了,于是欣然跑去救场。玛丽和他一起往厨房走。我们这些对这事感兴趣的人远远地跟在他们后面,想去看看事情的进展。我们待在毗邻厨房的房间里,杰克看不见我们。艾迪和玛丽走进厨房,他们身后的厨房门大开着,这样我们就能清楚地听到小家伙所说的话了。他走到仍然趴在地板上的杰克面前,抓住它的一只耳朵,用国王一样的语气说:"杰克,我真替你害臊。你这淘气的狗,怎么能那样捉弄玛丽,不让她收拾厨房?你太坏了!起来!"杰克立刻站起来,乖乖地让这孩子揪着耳朵走进书房。在书房里,小艾迪又给了它好一顿教训,最后他说:"杰克,你现在离厨房远点!"这项命令,杰克以惊人的毅力一丝不苟地执行了。

杰克在暴风雪中大获全胜

"我再也见不到我母亲了,你再也见不着你的妻子和孩子了!"

这是一个年轻的印第安人的悲惨的喊叫。在一个极其寒冷的冬日里,他和我迷失在温尼伯湖上的一场暴风雪中。几天前,我们从家乡出发,已经行进了几百英里。我们两个都赶着一队出色的狗,没有有经验的印第安助手跟着我们。这是很冒险的事,但我也没有别的办法。

事实是,总部传话说,那一年他们再也不会为去印第安人居住区传教的旅程拨专款了。这意味着我将要待在我舒舒服服的小屋里,只要偶尔到一两队印第安人那里去工作。而那些可怜的当地居民,在远离家园的荒原上狩猎,将会再次被忽视、被抛弃,这是我不能忍受的。我已经深深地跟当地这些印第安人发生关联。我通常设法一年去访问他们两次,一次在夏天,坐独木舟去;一次在冬天,坐雪橇去。他们非常感激我,对我非常热情友好,因此我下定决心,只要我的能力允许,我就会努力继续我的活动。现在我们就是在去为这些人工作的路上。因为没钱找有经验的向导，所以除了一个印第安青年艾利克，我没有别的旅伴。我们两人在距陆地很远的温尼伯湖上遭遇了一场暴风雪。

天气一直不错，车队顺利地行进着，我们开始以为自己的运气相当不错。我们看到了不同的岬角，成功地到达了许多著名的宿营地。因为只有两个人，准备冬营的活就非常辛苦。我们要砍足够的木柴，还要做其他所有宿营者必须做的事情。不过，我们都热情洋溢地坚持着，干得倒也不算太坏。我们两个都有一队出色的狗，除了我这边的领头狗，所有其他的狗都是圣伯纳犬或纽芬兰犬。我的领头狗叫库纳，这是印第安人对"面粉"的称呼，倒挺适合它，因为它白得就像雪。库纳训练有素，不像其他许多狗需要一个领跑的人，它完全理解赶狗人赶车时所说的不同词语，能够迅速对其做出反应，就像训练有素的马对缰绳做出反应一样。它受训期间曾被狠狠地惩罚过，那时，它对自己的职责领悟得很迟钝。

因为存粮相当有限，所以我们一大早就出发了，我们希望这一天能跑上六十英里甚至更多。我们的营地只不过是在积雪上挖的一个洞，远远说不上舒服，因此对急着赶路，谁也不觉得有什么不妥。我们先是趁着星光，然后趁着晨光，急速向北前进。为了缩短行程，我们尽可能离大湖远一些行驶，以便能走直线，不过离大湖也不是太远，这样我们就能把视线中的岬角尖顶当作向导。

前一天晚上一整夜都在下雪，一场很大的雪，这多少阻碍了我们的行进。不过我们的狗都很不错,只要不起风,这点轻飘飘的雪对它们来说倒是问题不大。这一天寒冷刺骨,但我们把雪橇上的物资安置得方便我们必要时跳下来跑动,因此我们跑得浑身暖和,随后的行进就舒服多了。我们就这么走了许多路,离前一晚的营地已很远。这一路上,风断断续续地吹着。起先风很小,我们并未在意,甚至当远方的岬角被薄雾笼罩,在视线中消失的时候,我们都还傻乎乎地匀速前行,而没有如应该做的那样,立即全速往岸边冲。断断续续的风已经吹了一个小时,现在变成了把雪吹起来的狂风。很快,我们周围就飞雪漫天了。这段时间里,风始终是从北方吹来的,我们勇敢地顶风前行。

"傻瓜才会冲进连天使都害怕涉足的地方。"如果是一位有经验的向导跟着我们,我们就会被安全地引导到岸上森林里能避风雪的地方。可现在呢,我们两个"生手"(印第安人后来就这么称呼我俩)距湖岸好多英里,不得不傻乎乎地跟已经疯狂呼啸的暴风雪作战。我们停了好长时间,因为我要把我雪橇上的尾绳系到艾利克的领头狗的项圈上,这样我们就不会在这暴风雪中分开了。然后,我们命令我们的狗继续前进。我们走得很费力。拉车的狗昂首挺胸,勇敢地迎着暴风雪前进,这可是连马都做不到的事。

我们以为只要风仍然从同一个方向吹来,我们就能坚持下去。当远方的岬角最后一次在我们眼前一闪而过时,我们知道我们的方向是对的,自那以后我们就一直相信风。现在,伴随着旋涡般的狂啸,风开始在我们周围打转。

我们蓦然意识到我们很可能已经毫无方向地乱走了两三个小时。

在极度困惑中,我止住了我的狗队。当艾利克的雪橇跟上来时,我冲他喊道:"艾利克,咱们怕是迷路了!"

"是的,咱们肯定是迷路了。"艾利克的回答一点都不让人感到安慰。

"这是暴风雪啊!咱们太蠢了。"我说,"咱们困在暴风雪里面了,离湖岸还那么远。"

一提到人人都怕的暴风雪,艾利克慌了神,喊了我一开始就提到的那句话。当然,还有其他一些紧张兮兮的感叹,这说明他非常清楚我们正处在危险之中。

然而,我们决心不拼一把决不放弃。问题是,要怎么干才行呢?在这样一片土地上,在这样一个连住在屋里都需要很多柴火的寒冷刺骨的冬天,这个问题的答案只有一个:"咱们吃点东西吧。"

于是,我们打开装有干肉饼的袋子,用牙齿把它"劈成"能下咽的小片。它们硬邦邦的,没啥味道,但却是富有营养的食物。我们真希望能有几杯热茶伴着这么干硬的东西吃,可在这么个地方,这样的事是不可能发生的,我们只好尽可能地干咽。我们慷慨地跟我们的狗分享着这些干巴巴的食物。它们全都在挽具的绳索所能允许的范围内蜷缩着靠近我们。杰克像平时一样,离我最近,这是它的习惯。只要条件允许,倒并不因为它总是期待着被喂食——一般的狗一天只给吃一顿饭,那是在一天的工作都已做完,晚上宿营的时候。但今天是个例外。看起来,这似乎是我们在这个冬天里的最后一次宿营,因为暴风雪很快就会将我们吞噬。所以我们就说:"让咱们和这些出色的狗共享干肉饼吧。真不知咱们或是它们谁还有吃下顿饭的机会!"

我和杰克轮流咬着干肉饼,它咬的肉块比我咬的要大得多。我把胳膊搭在它的大脖子上,跟它好好地聊了一番。我一直坚定地认为,狗对人言的理解力比大部分人通常认为的要强得多。杰克就是这样一只狗,它跟着我已经很长时间了,如我常常测试的那样,它几乎能理解我给它说的一切。它也非常清楚自己是我们在家里聊天的重要话题。当我们表扬它或是贬损它的时候,它就特别高兴或者特别受伤。

现在,狂风在我们四周呼啸,像急切地寻找猎物的野兽。我们俩,加上当听众的艾利克,坦率地聊了聊我们眼下的不幸处境。我告诉它,我们迷了路,安全地逃离这可怕的暴风雪的机会很渺茫,但这似乎并没有令它不安,于是我便说:"杰克,好伙计,你知道吗?我很怀疑咱们能不能再回到家里。很可能这场雪会成为咱们的裹尸布,那些挚爱的眼睛再也看不到咱们的身影了。杰克啊,估计你再也不能伸展身体,舒舒服服地躺在你最喜欢的书房里的炉火边的狼皮毯子上了。所以,鼓起劲来啊,老伙计!使出全力吧!我们得依靠你的聪明将我们带出这狂风暴雪,领我们去安全的地方呢。"

我将自己半覆盖着冰雪的脸凑近它的脸,像跟朋友说话似的跟它说着。它时不时舔一下我的脸作为回答。这真是太棒了!

在这样的逆境中,要为生命赛跑,必须做一些准备和安排。一件兔皮毯子被精心制作成厚厚的能穿的温暖的袍子,我仔细地把它裹在艾利克身上,尽可能把他舒服而安全地安置在他的雪橇上。前面我已经说过了,我们的雪橇紧紧地连在一起,不能被分开。然后,我整顿好之前蜷缩在我们脚边的狗队,把自己也裹得暖暖和和的,坐上自己的雪橇。我把自己绑得那么牢实,即使被冻得失去意识,也不会从车上掉下来。

我说过,我们的领头狗是库纳。在一般情况下,它是一只聪明的领头狗,可在茫茫一片暴风雪中,它似乎失去了自信,只是一味期待着它的赶狗人用鼓励的话语来让它清醒。眼下就是这么一种难以处理的情况。当我喊"走"时,库纳却转向我,用困惑的眼神看着我,似乎在问:"哪个方向,主人?"我和它一样茫然。之前我还寄希望于这领头狗超群的智慧呢。可显然,它打算把责任甩给我。殊不知,这责任我比它还不想承担呢,所以我再次命令道:"走!"

它仍然没有出发的意思,而是用一种更加焦虑的眼神看着我,热切地等着我说出那个印第安词语"查"或者"耶"("右"或"左")。而我被疯狂呼啸的暴风雪弄得头昏脑涨,完全没有方向感。天气寒冷刺骨,我们当然不能待在这儿,必须往什么地方走。因此,在纯粹的绝望中,我冲狗队的二把手杰克喊了一声。从我第一次命令库纳起,它就跃跃欲试，很急切，但它是一只训练有素的狗，知道自己的位置，它期待得到它的首领的指引。不过，它对库纳的犹豫显得很不耐烦，因此，我看到它已经准备好随时待命，便喊道："出发吧，杰克！你喜欢朝哪个方向走就朝哪个方向走。尽你所能吧，因为我一点方向感也没有！"

　　不必多言，这只好狗似乎立刻就意识到把我们从危险的境况中拯救出去的责任落到了自己的身上。面对这巨大的考验，它表现出色：它欢快地吠叫一声，一跃向前，冲进暴风雪中。库纳则退后几步，乐得落在后面，相当满意地把狗队的领导权交给更强健的同伴。在接下来的长途奔跑中，这只困惑的狗一次也没有像很多狗那样，表现出再次占据领头狗位置的想法。它似乎拥有很强烈的"狗理智"，知道在这场严峻的考验中，杰克会比自己做得更好。所以，它在杰克旁边跑着，时不时聪明地利用它的身躯挡住某些狂暴的雪块，不让它们落到自己身上。

　　狂风把冰面上的雪彻底吹起来了，这倒使我们能以相当快的速度行进。一小时接着一小时，暴风雪仍在我们周围呼啸。杰克精神劲儿丝毫不减，向前跑着。我偶尔冲它喊几句打气的话，狂风中接着就传来它熟悉的吠叫声，其中包含胜利的呼告。这声音奇怪地激起了我们的希望，仿佛是一种我们肯定能够逃离这困境的保证，尽管我们意识到我们确确实实处于极大的危险中。这会儿，寒冷已经彻底困住了我们，似乎要将我们冻死。我们把自己绑在雪橇上，这样的保护措施使得我们没法跳下雪橇，利用跑动来暖和身子(通常情况下,我们会这么做的)。因此,我们所能做的只有忍受、祈祷。我非常担心我的印第安同伴的健康,决心不让他陷入沉睡——那会让他永远醒不来的,于是我不时地冲他喊几句,让他保持清醒。时间慢慢地流逝,多么乏味,多么令人疲倦啊!一小时又一小时,似乎有一种力量把我们带向末日!

　　这冗长的路程大概是从正午时分开始的,现在夜晚将近,黑暗笼罩了我们,真是雪上加霜啊!这不仅令我们不适,更增加了这段旅程危险的程度。在白天,即使风雪野蛮地遮蔽了我们的视野,我们还是能看到一些东西。可现在,本来就已经糟透了的旋风和飞雪披上了浓重的夜衣。在这样一个大湖上,在这样一个将近三百英里长、四十到七十英里宽的地方,遭遇风雪的袭击,的确不是一种令人羡慕的境况。但我们没有失去希望,因为还是有一些于我们有利的事情,其中之一就是:我们的狗在杰克出色的带领下,似乎感染了它那满腔的热情和不屈不挠的精神。因此,一小时接着一小时,它们在风雪中勇敢地往前奔跑着,好像看到了远方有温暖的篝火,好像闻到了在熊熊燃烧的火焰前为它们融化的白鱼晚餐。

　　所以,不必茫然失措,这些狗在自信和勇气方面给我们做出了榜样。我们两个都年轻而健壮,还有露营用的袍子和毯子,如果我们的狗变得紧张或沮丧,我们可以铺开这些袍子和毯子,把它们盖在下面,让它们蜷缩在我们周围,有一些狗还可以趴在我们身上,这样我们至少能活着过夜。怀着对挚爱的大自然的信任——它曾不止一次神奇地为我们打开前方的路——我们相当平静地决定，只要值得称道的杰克始终自信和勇敢地前行，我们对计划就不做什么改变。以我对狗的了解，我觉得它对自己走的道路是非常自信的。不然的话，它决不会以那样的速度继续奔跑。它的从容和镇定激励了所有其他的狗——除了库纳。所以，除了偶尔冲杰克喊几句激励它的话——对此它总是会有所回应——并不时大声地警告我那印第安同伴再冷也不要睡觉之外，我就只有设法保持或者说"被保持"一种平和的、不焦虑、不害怕的心境了。

就这样，我们在冰冻的大湖上向前奔驰，不知道具体在哪里。但是很明显，如果狗们保持这样一种姿态，它们肯定能将我们带到某处去，所以我们决心尽可能不被冻坏，甚至不睡觉，因为在这样的环境中，睡觉可能就意味着再也醒不过来了。

大概在天黑后三小时，我欣然意识到，狗们看见了什么东西，因此非常兴奋。由于夜晚的漆黑和风雪的狂暴，我有好长一段时间都看不清它们。不过一个熟悉狗的人，不需要看见它们，就能知道它们突然得到了某些驱使它们的人所不知道的信息。起初，我以为是某只游荡的野兽在暴风雪中迷路了，莫名其妙地转到这个大湖上了，就在我们前面，它激起了我的狗狩猎的天性。然而，没有时间也没有机会验证我的这个推断了，我只能稳住雪橇，想方设法防止翻倒，因为这会儿兴奋异常的狗疯狂地往前冲起来了。这突然爆发的速度并没有持续太长时间，其实也不需要，因为不一会儿，它们就给了我们非常具体的证据，证明它们热血沸腾是有道理的。作为一位无可匹敌的领导者，高贵的杰克赢得了全部应得的荣誉。

在零下三四十摄氏度的天气中，顶着狂风暴雪奔跑了六七十英里之后，这伙计英勇地领着我们走近了积冰块。它们是住在岸边的印第安家庭一天天堆起来的，是用来做夏天的水源的。几个月来，印第安人一直在这儿削每天晚上凝冻起来的冰块，已经有相当大的一堆了。杰克看见的无疑就是这堆冰块。在其他狗的协助下，它在冰块堆四周狂奔。在完全意识到那是什么之前，我们陷入了一种混乱的颠簸，全都被颠到雪橇的另一边去了。幸运的是，我们并没有掉进那敞开着的窟窿里去，而是走在通往森林中的印第安人棚屋的久经踩踏的路径上。狗队在路面上飞奔着，我们很快就在一个峭壁边缘停下。几分钟后，我们冲上了一条光滑却曲折的道路，看见了桦树皮棚屋顶上飞扬的火花。这的确是令人欣慰的情景，因为我们终于安全了。在感谢过上苍之后，我们大喊道："干得好，杰克！"

谁会因此而责备我们呢？

杰克在新环境中

我们怀着最深沉的遗憾离开了北方，因为家中爆发了久治不愈的严重疾病。为了保护受到威胁的珍贵生命，我们搬到了更暖和的地方。

我们把工作以及相关的一切转交给了德高望重的继任者，包括所有的狗，除了杰克。杨太太（我的妻子）和孩子们恳求卡菲也跟我们一起走，可是那样的话，我们所需的费用便会大大超出预算。而接替我们工作的那个精力充沛的传教士非常喜欢卡菲，也非常需要它帮助他重新安排自己的狗队。

我们一路无惊无险地到达了多伦多，不久就在一个名叫波特珀瑞的宁静小镇上安了家。

杰克对新环境的接受就如像它一直都很熟悉这里似的。它迅速引起了广泛的关注，受到各个阶层人士的喜爱。牧师、医生、商人，农夫等纷纷将它"借走"，向他们的朋友炫耀。有时候，它会因这样的活动离家好几天。不过，超出一定的时间，它就不干了。如果它认为回家的时间到了，就没有什么能阻止得了它了。有一个年纪比较大的农夫希望将它留得比预定的时间更久一点，就去给它套缰绳，但它很快就放弃了。

后来说起这件事，这位农夫说："我宁愿去套一只老虎。"

在我们温馨的家庭里，杰克很快就派上了用场。它的职责之一是应厨房的要求，到屠夫那里买肉。为此，我们特意买了一个带有上好的盖布和结实的提柄的篮子，在篮子里放上一块干净的毛巾和一个信封，信封里有钱和给屠夫的话，然后把它整个儿交给热情的杰克，它便出发去干活了。杰克不会在路上耽误时间，到达肉店以后，除了屠夫本人或受他指点的助手，它决不让任何其他人取下篮子。等篮子装好东西之后，它会仔细地带着它赶紧回家。我们常常要求屠夫额外放一片肉，并告诉杰克，这是专门给它的。

它自豪地叼着篮子回到家，总是期待着家中有人对它说几句鼓励的话。它最喜欢的话是："谢谢你，杰克！你真是只好狗，干得不错！"

的确，杰克对恭维一直没有抵抗力。这在狗身上是多么显著、多么独特啊！

家中的任何成员都能卸下篮子，取出里面的东西。如果我们以为杰克不需要篮子里那片专门为它准备的肉，就会将它放在它通常保存它的粮食的地方，它对此不会表现出一点点反对。

可有时候，为了娱乐某些对它感兴趣的客人，杨太太会对它说："杰克，我不想被你和你的篮子干扰，把它提到在厨房里干活的麦基那儿去,让她把篮子腾空吧。"杨太太知道篮子里有一片专门给杰克的肉。

杰克当然会接受命令。瞧瞧它会怎么立刻"变脸"吧。它叼着珍贵的篮子走到厨房里,把它放在麦基的脚边,然后像个警惕的哨兵似的站在那儿。麦基呢,自然会弯腰提起篮子。可是,杰克突然发出一声狂吠,吓得她忙把篮子又丢在地上。

"把盖布取下来,放好!"对这个要求,麦基一开始自然有点不太情愿去做。被安慰一番后,她才照杨太太说的去做,而杰克并不反对掀开盖布。给它的那片肉放在最上面,麦基自然想挪开它,好取出下面包得好好的肉。可对麦基这进一步的动作,杰克坚决反对。它所能允许的,只是让她打开包肉的纸,将肉取出来,但不能把它的那片肉从篮子里拿出来。它决不允许有人动它的肉,它自己也不动。除非家人买的那块肉已经取出来了,它才会叼着篮子,跑到外面的树林里,自己将肉取出来,悠闲地吃掉,或是藏起来留待后用。

在我们收到的不计其数的演讲邀约中,有一项要求总是不变的:"一定要带杰克来!"结果,在我贯穿安大略省和魁北克省的游历中,杰克的名声要比它主人的响一千倍。在宽敞的大厅和演讲室以及许多大教堂里,杰克——牧师的这著名的狗,都是最受欢迎的客人。在主日学校的野餐会和孩子们的其他聚会上,杰克从头至尾都是主角,许多小孩子非常喜欢骑在它的背上。当演讲者聚集在讲台上,音乐响起来,谈话开始的时候,杰克总是会在牧师及其他传教人员的坐席中间获得一个尊贵的位置。凡认识它、了解它所做过的事情的人，没有谁会对将它置身于最尊贵的人当中表示质疑。

下面，我就好好叙述一番杰克在该地区最高阶层人士当中的流行度。一天，我正在加拿大某省省会的一个繁华街道上散步，杰克在我的脚边亦步亦趋。突然，我听到有人热切地呼唤我："杨先生！杨先生！"

起初，我没辨出喊声是从哪里传来的。但不一会儿，我就发现了一把摇摆着的红色的绸布遮阳伞——是省长的女儿，她正坐在一辆华丽的马车里。

我抬起帽子向她挥手致意——我们之前见过面。她说："明天法官们要到省府会餐，请您带着杰克一起来吧。"

我们当然去了——杰克和我。我们和省长、省长家人以及法官们共进晚餐，人人都对杰克宠爱有加。

在火车上，杰克也深受列车员的喜爱。旅行时，它通常是和行李员们待在一起的，和他们生机勃勃、妙趣横生地欢闹一番。我每次坐火车旅行时，总会把它带到行李车厢去，把它留在那里，告诉它到站的时候我再来领它。它表现很好，所以我从来不需要把它系在车厢里。它自己也非常清楚我对它的期待，总是乐意遵从我的指示。火车在不同的站点停留，乘客带着行李上上下下，行李员在货车厢和行李间忙活时，杰克常常会跳到月台上，但它从来也没有跑丢。不知怎么的，它似乎知道再次跳回车厢是它的职责。它严格遵守着我要它待在行李车厢等我去领它的命令。只有一次情况异常,它坚决地违背了我的命令。不过,在你审判它,甚至责备它之前,听听这个故事吧,然后再决定杰克是不是"有罪"。

那一次,杨太太和我带着杰克坐火车从特伦顿到多伦多去。杰克还是像平时一样被带到行李车厢,我要它待在那里直到我去找它。我和杨太太坐在火车的最后一节车厢里。火车才行进了一个多小时就发生了故障(如果我记得没错的话,是一条火车轨道被扳错了),所有车厢都脱了轨。行李车厢通常连着动力车厢,当时侧翻到一边,变成了一条小堤。这个意外使得车厢较低一侧的滑门"哗"的一下打开了。车门开启的瞬间,杰克从里面跳了出来(后来,我们就是这样被告知的),在火车停下之前,它撞到地上,在尘土中滚了几滚,但毫发无损地迅速站起来,在行李员的视线里消失了。它当时的速度,也正是事故发生的时候火车行进的速度。

我和杨太太坐的车厢几乎完全脱离了轨道。幸运的是,我们的车厢里没有人受伤。我们当然立刻冲向车门,看到门没有被堵住,都长舒了一口气。这样一来,大伙儿就能迅捷地钻出车厢了。因为座位靠近车门,我们就第一个冲了出去。前面的车厢里传来受伤的人和被困的人的喊叫声,我们都急着跑过去帮忙。但我还没跑几步,就见杰克以不可思议的速度冲了过来。它一认出我便发出一声高兴的吠叫,一下子跳到我身上,大前爪钩着我的脖子,像只熊似的抱住我。它一下又一下地亲吻我,不断为我没有受伤而高兴地吠叫。

当我把它弄下来，安抚了一下它兴奋的情绪后，它又看见了我太太，便迅速地冲向她，我们便再次见识了它因我们俩都毫发无损地逃出来而兴高采烈的样子。在这次事件中，杰克出色的表现吸引了人们更多的关注。此后人们对它那天的行为多有谈论和思考。事实上，这的确值得研究。

我们只和杰克待了几年它就死了，死于一些复仇的吉卜赛人施加给它的悲惨的伤害。这场造成杰克死亡的复仇行动是这样的：

一天，当杰克叼着装得满满的篮子从肉店回家时，它突然被一只凶恶的白色斗牛犬袭击了。这只恶犬就是那些吉卜赛人的。杰克忠于自己的使命，设法摆脱了这只袭击并阻碍自己回家的奸诈的畜生，成功地叼着篮子进了家门。篮子一被安全地取下来，它立马一个箭步冲了出去。我吃惊地看着它轻松地跳过前门，突然在街角处消失。不一会儿，它就找到了那些吉卜赛人的营地。那只惹怒了它的斗牛犬正舒舒服服地站在院子里，杰克一个箭步冲过去，以迅雷不及掩耳之势捉住了那只斗牛犬。尽管它的主人们夸耀它拥有可怕的战斗力，但跟受了侮辱、义愤填膺的杰克还是没法比。

那些见识过这场打斗或者说惩罚的人都说，不过一分来钟，杰克就控制信住了局势。它狠狠地打击那头大斗牛犬，就像一只受过训练的狗打击小老鼠似的。接着，它把斗牛犬摔倒在地。遭到连续打击的斗牛犬吓得瘫在地上，起

不来了。杰克绕着它转了几圈，发出几声骇人的怒吼，这毫无疑问是在警告地上这惨兮兮的家伙，以后行为要端正。然后，杰克转身走到门口，敏捷地跳过门槛，悠闲地走回了家。不过，那一整天它都有些沮丧，不在状态。

怀恨在心的吉卜赛人当然不能原谅这次惨败，他们的斗牛犬所遭受的耻辱他们一定得报复。几个月里，他们用各种方式企图伤害或者杀死杰克。最后，他们终于成功了：杰克的一边肩膀严重受伤。我们请技术精湛的兽医给它做了所有能做的手术，但都无济于事。更麻烦的是，这个伤口是杰克的舌头舔不到的，而用舌头舔舐自己的伤口是大自然赋予狗的伟大的医疗天赋。当我看到这荣誉等身、耐性超群的狗，这许多漫长的孤独旅程中的忠实同伴，这多次从危险的暴风雪中把我送到目的地的"邮递员"，在我面前这样慢慢地死去，我真心希望老罗沃能在。老罗沃是一只著名的"医生"犬，曾拯救过我那些受伤的狗。我总是觉得罗沃能治好杰克受伤的肩膀。有些受伤更严重的狗它都治好了。唉，可怜的杰克离它太远了！我们就这样失去了它。好多天里，我们的房子都笼罩在悲伤和抑郁中，甚至孩子们都感到不安、孤独，因为他们不会轻易忘记他们伟大的玩伴和保护者。

我们把杰克埋在一棵美丽的加拿大枫树下。如果像约翰·韦斯利和许多其他心思缜密的智者所相信的那样，死去的动物能够重生，那杰克值得拥有这样的机会。为什么它不能重生呢？

卡菲，美丽的纽芬兰犬

　　卡菲是我拥有过的最漂亮的狗，它是一只纯种的短卷毛纽芬兰犬。它身上的每一根卷毛似乎都非常完美，而且明显都是一样长短。它是每一个热爱高贵动物的人羡慕的对象，甚至那些不怎么喜欢狗的人看到它都会停下脚步，赞叹它的美丽。

　　像杰克——它那不可分离的伴侣一样，卡菲是已故的汉密尔顿议员桑福德送给我的礼物，和杰克一起，在经历了约三千英里的长途跋涉后，到达了我们遥远的、位于印第安克里族领地北部的家中。这次冗长的旅程耗时几个星期，两只狗转了好几次火车和轮船，到各种先进的运输手段都用完了的时候，它们被送到一艘印第安小划艇上。在这艘颇有原始风味的船上，它们和皮毛商人的装备挤在一起，最后结束长途旅程，到达我们的传教所。在其中多次的历险中，没有发生什么糟糕的事。也许比起其他东西，有一样东西起到了威慑作用，使那些不道德的狗迷们没有偷走它们，那就是每只狗的项圈的铜片上都刻着的一行字：一个穷牧师的狗,请不要偷走它们。

事实证明,这句话起到了充分的作用,两只尊贵的狗安全到达了我的家。之后的年月里,我在穿越这些狗来我家的时候走过的同样崎岖的道路的时候,听见有几个人谈论说他们曾垂涎过这两只漂亮的狗,但是读到项圈上的警示后,便抑制住了偷窃的欲望。听到这话,我有些恼怒。

卡菲不仅外表漂亮,而且在各个方面表现都很好。杨太太抢先宣称卡菲为自己独有, 这个申明后来从未受到反驳。卡菲很快就明白自己被看作是女主人的专有财产,结果,自然而然地,它坚决地把自己当成女主人的富有警觉的保护者。它充满嫉妒地守望着,如果有别的狗胆敢靠近它挚爱的女主人, 那可就要遭殃了——无论大小,无论雌雄,在它看来都没有差别。入侵者遭到那么愤怒的袭击,不得不可耻地撤退,一点也不知道到底为什么会受到这样的打击。在卡菲和女主人建立起这种紧密的关系后不久,这友善的家伙就致力于向女主人展示自己对她的爱。它执着地把自己当成女主人的“脚凳”,逗得我们不亦乐乎。无论是在短暂而愉悦的夏日时光到野树林里去散步,还是在舒舒服服的家里,只要杨太太一坐下来休息,卡菲就立刻趴到她的脚边,以它那沉默但极具说服力的方式,恳请它的女主人用它那温暖的、毛茸茸的身体做脚凳。然后,晚饭开始的时候,卡菲会趴在桌子底下,它的女主人脚边,坚持让女主人的脚搁在自己身边。如果女主人不这么做,它便会转动自己的脑袋,把女主人的脚小心地衔在自己嘴里,一只一只地放在它要它们安放的地方。这样做完之后它会很满意，会老老实实地待在那儿，直到晚餐结束，女主人起身。

教会它取东西、拿东西很容易。没有什么能比让它到别的房间去取熟悉的东西更令它高兴的了。它变成了取东西的高手，不过还是比不上杰克——杰克在某些方面的"成就"太出色了。卡菲掌握了打开屋子里每一扇房门的技艺，不过这是在门能从它这一边打开的时候；如果门只能从另一个方向打开，它就完全不知所措了。不过，我只教了它几次就让它学会了从不同方向开门。此后，它开门就没有任何困难了。但是，可怜的卡菲却始终没有学会如何把门拉向自己从而打开它。当然，如果杰克碰巧就在它身边或它们正好在一起（它们通常都在一起），这事就不会让它太烦恼，因为在它试图像往常那样打开门而失败了之后，它会阔步走到皮垫上杰克正舒舒服服地躺着睡觉的地方，粗暴地扭住它的耳朵，把杰克领到关着的门跟前，以狗的语言命令它立即把门打开。

这样的要求，杰克总是会迅速满足，因为卡菲有一点像暴君，它利用自己的性别优势，完全控制着杰克。实际上，杰克已经完全顺从它了。看着它卖弄风骚，施计诱惑杰克，杰克又唯唯诺诺地温柔以对，这常常给我们带来无穷的乐趣。然而，像许多怕老婆的人一样，似乎卡菲越是对杰克颐指气使，杰克对卡菲的爱就越是强烈，同时对卡菲的爱慕者越是充满嫉妒。

我和杰克唯一的一次"战斗",我记得也是因为卡菲,那是一场事关忠诚的战斗。事情是这样的:我们给狗的食物主要是鱼。冬天里,这些鱼冻得硬邦邦的,在喂给狗之前我们得先把鱼上的冰化开。狗在家里的时候,冻鱼要先在热气腾腾的炉子上化开,然后拿到外面的院子里分给饥饿的狗。卡菲不明白或者不愿意明白它不能把它那条油腻腻的大鱼带进屋子里,在书房或餐厅的地板上悠闲地吃掉——比起在刺骨的寒冷中吃它的晚餐,留在地板或地毯上的大油点似乎是无足轻重的事。我严厉地斥责了它好几次,把它弄到屋外和其他的狗一起去吃它的鱼,可最终我发现这些责骂根本没有用。别的屋子里也有人抗议说它弄脏了地毯,这迫使我不得不采取更严厉一些的措施。于是,一天晚上,当它的行为已经令我忍无可忍的时候,我把它拖出屋子,结结实实地鞭打了它一顿。一开始,它并不知道我是什么意思,但我决定让它清楚地知道我的意图,因此我不用鞭子,而是用鞭柄继续抽打它,直到它痛苦地狂吠起来。

　　我预料到接下来会发生一些麻烦事,因此提前做好了应急的准备:我在手边放了一根沉重的大橡木斧柄。后来的事实证明,幸好我有这么一件可怕的武器。果然如我所料,杰克一听到卡菲的喊叫,立刻热血沸腾。它当时正在大院子的另一边,忙着吃它的第二条鱼。突然,它跳起来,头一扬,耳朵一支棱,吃了一半的鱼掉在它的脚边。那一瞬间,它那个样子,真是一道风景啊!卡菲的叫喊还在继续,杰克这大家伙狂吠一声，飞身向我扑过来。

我从过去和一些发怒的狗较量的经验中得知，我的狗鞭在眼前这场战斗中起不了多大作用，所以我放下鞭子，拿起沉重的大斧柄。我的动作必须迅速，因为就在那一瞬间，杰克这发了疯的狗就穿过院子，猛然扑过来拯救它亲爱的伴侣了。不过，我已做好准备。当杰克恶狠狠地扑向我时，我用大斧柄给了它重重的一击，将它打翻在地。杰克立马又跳起来，再一次恶狠狠地扑向我，我再次用尽全身的力气把斧柄狠狠地砸向它脑袋的一侧。杰克倒在地上，缩成一团。那一瞬间，我差点以为自己把它打死了。

但才过了几秒钟，它又跳起来了，再次扑向我。我的第三击彻底打昏了它，以至于当它回过神来后，就悄悄地溜回狗窝去了。第二天，它离我远远的，闷闷不乐。很明显，在"谁是主人"的问题得到明晰之前，我和它之间还会有一场战斗。

几天后，决定性的战斗爆发了。因为我突然中止了对卡菲的惩罚，转而为自己的生命跟杰克战斗，卡菲便以为胜利是在它们那一边，自己想怎么做就怎么做了。于是，不久后的一天晚上，卡菲叼着一条大鱼，昂首阔步走进餐厅，在地毯上悠闲地吃起来。更有甚者，当我要求卡菲带着它的鱼到外面去时，它还拨弄着卷毛，生气地咆哮着，坚决拒绝按我的要求去做。很明显，狗的王国里要爆发一场危机了。如果是杰克鼓励它这么做，那是不是其他狗也同情它，也准备反抗权威了呢？

不管怎样，问题既然已经出现，我就必须面对、解决，而且要以一种不能再留有后患的方式解决。我要做的第一件事是把杰克关在鱼屋里，然后去找卡菲。我结结实实地给了卡菲一顿好揍，鞭子还没落下，它就明白谁才是主人了，再也不敢对着我吠叫了。

在我鞭打卡菲的时候，它发出痛苦的吼叫。这叫声大大地刺激了杰克。它像一只被困在笼中的狮子，咆哮着，极力想冲出"牢笼"。它击碎了鱼屋的几块窗玻璃，可是鱼屋的窗口太小。太高，它钻不出去。

完全征服了卡菲以后，我和它再度成为好朋友。我提着上一次与杰克"战斗"时用过的斧柄去"释放"杰克。一打开门，我就往后一跳，以防万一。杰克像之前一样，没有丝毫犹豫，恶狠狠地扑向我。我相信，如果我不躲过它的锋芒，它会把我咬死的。不过我并没有真的躲开，我的肌肉在荒蛮的北方锻炼得很结实，所以，我像个铁匠一样给了杰克狠狠一击。尽管它体积庞大，重两百多斤，但还是在我的这样一击之下倒下了。它的恢复力似乎很棒，一次又一次地冲向我，不过每一次我都能将它掀翻在地。最后，它终于失去了冲击的兴趣，在爪子受到特别的一击之后，它的反抗也就停止了，仿佛突然失掉了全部的战斗力。它趴在地上，冷冷地看着我。自这场冲突爆发以来，我第一次开了口。我对它说："杰克，你这是啥意思？我真替你害臊！起来！立刻起来！你怎么能这个样子？"

说着，我把一只手伸向它，它立马朝我爬过来，然后慢慢地在我脚边蹲下,大尾巴开始摇摆起来。我知道,这只狗被我征服了。我扔掉手中的斧柄,毫无恐惧地迎向它,抚摸着它的大脑袋。就在刚才,我曾给过这脑袋雨点般密集的重击。

杰克被征服了,卡菲也是。从那天开始,我的话就是金科玉律,它们两个也再没有遭受过我的打击。

记下我跟这些尊贵狗的“战斗”是我最不乐意做的事情。某些读者或许会批评我过于严厉,但你要知道,在那样的冲突中,要么是人,要么是狗,必须有一个做主。当时的惩罚看起来是很严厉,但这也是为了日后再不必重复。十一年来,杰克对我都很忠顺。最后那一场“战斗”之后,它再也没有被我打过。

正如我料想的那样,来自纽芬兰的卡菲非常喜欢水。它是一个出色的泳者。有杰克做伴,在绚烂的夏季,它每天都要在毗邻我们居住地的湖水中玩几个小时。通常,在杰克感到自己那天已经游够了之后,卡菲还会在水中待很长时间。不过,杰克永远也不会让卡菲游出自己的视线,它会一直等卡菲在波浪中快乐地玩到心满意足为止。最后,当卡菲终于回到岸上时,杰克高兴极了,汪汪地叫着,表示欢迎。然后呢,卡菲会更加彻底地左右杰克。卡菲不是往一个有舒服沙岸的东边游——那儿比较容易上岸,而是直接朝能看见杰克的礁石嶙峋的岸边游。在那儿,卡菲坚持让杰克帮它爬到那险峻的地方上面。这并不总是一件容易的事情。如果杰克碰巧就在距水面只有一点距离的岩石上,它就能弯下身，咬住卡菲的颈背，帮它爬上岸。可有的时候，卡菲开始往陆地上游的时候，杰克偏偏就站在岩石嶙峋的湖岸的最高点。杰克明显意识到了面前的麻烦，会变得很疯狂，似乎在试图告诉那执拗的卡菲，它来错了地方。可是，卡菲才不管呢。它朝那个地点游去，到了那地点以后，会把身子直得尽可能地高，然后咆哮起来，呼唤杰克前来帮助。

可怜的杰克！它发疯似的跳跃着，却无济于事，只好尽其所能，一边往下跑，一边吠叫着回应卡菲的咆哮。在它各种各样用来帮助卡菲爬出水面的办法中，有一个办法最巧妙。这个办法展示了它超强的推理能力：它会冲到一堆陈旧的废物或杂物前，从里面拣出一根又长又细的木棍来，然后把木棍的一端伸向卡菲，再死死咬着木棍另一端不动，很快就将卡菲弄上了岸。再没有比这更让杰克快活的了。然而，我们任何一个人也没有看到卡菲表现出哪怕一丁点对杰克的关切。卡菲也没有对杰克将自己拯救出来的聪明之计表示感激或赞赏。卡菲就那么理所当然地接受杰克的帮助，像平时一样，上岸后还是对杰克爱理不理的。

在水中，卡菲最快乐的活动之一是跟某些大鲟嬉戏。我在近岸的湖水中捉到过大鲟。这些大鲟的捕猎期只有几个星期。它们成群结队地上岸。印第安人用大刺网捕捉它们，把活蹦乱跳的它们送到传教所来。大鲟的肉，新鲜的比腌制过的要好得多。因此，我们就想尽办法让这些大家伙活着，到要吃的时候再宰杀。有些大鲟有十英尺长。我们在某些隐蔽的水湾中建了大鲟池。这办法在我们捉到很多大鲟的时候挺不错的。但如果那水池里只有几条大鲟，它们就会变得谨慎小心，异常狡猾，我们想宰杀它们的时候，就很难逮住它们了。

一个我们经常采用的办法是：人游到湖里，在每只大鲟身上系一根绳子。这些绳子质地松软，长六十到一百英尺不等。绳子的一端系在大鲟的头部，不会让它们感到疼痛或不适，另一端系在岸上。大鲟是力气非常大的鱼，能使劲拽扯绳子。这样的系法似乎没有给它们造成太大的麻烦，它们像平时一样在我们面前嬉闹着、玩耍着。

没有什么能比一头扎进大鲟中间、加入它们的游乐更让卡菲高兴的了。一开始，当卡菲跳入大鲟中间的时候，大鲟们会全部潜下去，静静地躺在湖底。过了一会儿，有一些大鲟似乎不那么在意卡菲了，又像平时一样玩耍起来。

有一条特别大的大鲟跟卡菲成了相当好的朋友，虽然狗好像永远也无法理解为什么鱼能那么快就消失不见。卡菲喜欢玩的一个把戏是死死地抓住大鱼的尾巴。大鱼一感到卡菲抓住了它，便立刻往水下潜，把卡菲也拽得完全看不见了。不过，这不会持续很长时间。不一会儿，卡菲就会噼噼啪啪地拍着水花，急切地探出水面，飞快地朝岸上游去。在岸上，它会使劲地咳嗽、打喷嚏，直到把肺里的水都吐出来。这种突然的、完全出乎意料地被拽进深水的经历，却无论如何都不能挫败这只胆大的狗。所以，那条大鲟一浮上水面，显出寻找它的老玩伴的样子时，卡菲就会再次跳进水中，重新开始这独特的嬉戏。我们吃光了所有其他的大鲟，才把饥饿的目光落在卡菲这奇怪的玩伴上。我们让它活着，卡菲和它非常享受它们那奇怪的游戏。直到冬天临近，湖水变得冰冷刺骨，让卡菲再跳进去似乎有些残忍，我们才大快朵颐，吃掉了这条大鲟。可它们对彼此的吸引力恐怕连雄心勃勃的表演艺术家都要感叹吧！

那时候，我们在冬季几乎所有的月份里都不得不靠鱼活着。因此，到了春天，去捕猎野鹅就是一件让人感到特别愉快的事情。我们期待着满载而归。下面我将讲述卡菲与一只老野鹅的第一次相遇。这只野鹅，尽管受了伤，仍然对可畏的卡菲抵抗了好一阵子。

我看到我打的第一只野鹅掉下来的时候，感到非常自豪。真的，它慢慢地从我瞄准的那群飞鸟中掉下来，最后落在远处的冰面上，一只翅膀折断了。我带了一群狗。开枪的时候，我命令它们蹲在我的脚边。卡菲锐利的眼睛第一个看见受伤的野鹅。野鹅还高高地在天上飞时，它就看到野鹅绝望地挣扎着，想跟它的同伴继续飞翔。但这野鹅显然不可能继续飞了，它开始坠落。我迅速解开蠢蠢欲动的狗，野鹅落地的那一瞬间——距我们至少有四分之三英里远，我冲卡菲喊了一句"加油"，就松开了它。

我迅速重新给枪填上子弹，跳上雪橇，尽可能快地跟在卡菲后面。卡菲叮当作响的挽具阻挡着雪橇，使我们没法跑得更快，不过我们还是近得足以看到它和那只野鹅之间的打斗。一开始，野鹅凭借自己的一只翅膀，跑得飞快，试图摆脱卡菲，但当它发现这不可能的时候，就突然停下了，站在那儿准备抵抗。卡菲发出一声满以为可以轻易取胜的吠叫，鲁莽地冲过去要抓野鹅。可是，哎呀，真丢脸啊！在卡菲意识到发生了什么之前，野鹅仰面躺在冰面上，愤怒而痛苦地号叫着，同时用它没有受伤的那只翅膀以迅雷不及掩耳之势，狠狠地给了卡菲一击，将卡菲打翻在地，让卡菲头晕目眩。

不过，卡菲可是一只非常有战斗精神的狗，它很快站起来，再次扑向野天鹅。而等着它的，是第二次、第三次耻辱地倒在地上。这样的遭遇教会了它小心谨慎。于是，卡菲再次爬起来扑向野鹅的时候，便虚晃一枪，野鹅放松戒备后，卡菲才猛冲过去。我们到达卡菲跟前的时候，它刚好把那只野鹅打翻在地。

这之后，卡菲的头酸疼了好几天。那只野鹅是只肉质粗硬的老公鹅。我们把它挂了好几个星期，觉得它变软了才对它进行处理，把它变成了美味的食物。

作为最精干的雪橇狗之一，卡菲服务了我好几年。要它干活非常容易。给它戴上挽具的时候，我从来不需要用鞭子，甚至都不用斥责它。一句加油的话就足以让它去做所有它能做的事了。在冬季宿营地，它和杰克享有其他的狗都没有的特权。当暴风雪在我们四周肆虐的时候，天气冷得可怕，酒精温度计显示附近任何地方的温度都在零下五六十摄氏度，这两只狗就被允许睡在我的皮袍子上面或下面——这样也能防止我被冻死。

"旅行者",无可匹敌的领头犬

"旅行者"是我有过的最优秀的领头犬。没有哪匹马对拉扯缰绳的反应能比"旅行者"对赶狗人声音的反应更快了。因为它们拥有的聪明劲或者所受的训练,赶狗人的要求很快就能被领头犬理解,并且大多能及时地被执行。有些狗在对赶狗人的呼唤做出反应时,会显示出超群的智力和敏捷,而在另一些时候呢,又显得有些迟钝和愚蠢,但旅行者总是靠得住的。"马驰"对它总是意味着前进,"喳"或"耶"总是意味着向右或向左转。它从来没有弄混过这些声音的意思。当"埃撒"这个声音被添加到"喳"或"耶"之后时,它知道那意味着要立即向后转并迅速走到这个词所指的旁边的道上去。

旅行者是一只几乎全白的长腿混血大狗,不算漂亮。早期受训的时候,它显示出了异常的凶猛和固执,以至于被狠狠地鞭打过。有一回,一根重鞭子的末梢打中了它的一只眼睛,它被打瞎了。它的主人难过至极,不过这似乎并没有对旅行者造成太大的伤害。然而,这也使它后来极度紧张,从那以后它就特别憎恨别人悄悄地靠近它瞎眼的地方。

它从来不是一只喜欢与人亲昵或嬉戏的狗,爱抚会被它看作侮辱。当因为工作出色而受到和蔼的称赞时,它会对赞扬它的人报以蔑视,除非这些话附带着额外的礼物:干肉饼或者比平时的配给多出一条的鱼。从来没有人见过它跟其他的狗嬉戏。它对某些年轻的狗想与它玩耍的努力恨得要死,反应强烈,以至于它们几乎不会再做第二次尝试。当我打开狗窝,让所有的狗都出来锻炼的时候,旅行者似乎认为这件事太讨厌了,它永远也不会加入其他狗狂野的、欢快的嬉闹。如果这时它被一个印第安人赶出来,它也会屈尊跟着那个人,但是离那人至少有一百多步远。它似乎很高兴能不被注意地悄悄转身,回到它喜欢的角落里蜷缩起来。

在狗们工作的月份,如果你想让它们轻快地跑动,就得把一根约一百英尺长的绳子的一端系在旅行者的脖子上。这是必要的,可旅行者很难被捉住。不过,一个聪明的印第安人说可以利用它一只眼瞎了的特点,不必费太大的麻烦就能靠近它,为它套上那根长绳。有人立刻着手去做,却花了两个小时才弄成。一旦被绳子套住,旅行者就妥协了,再也没有对被拉扯表现出一丁点的反对,而是和其他的狗一起让人套上了挽具。

挽具一上好,它立刻发生了巨大的变化。这只郁郁寡欢、羞怯的狗马上变成了最机警、最活跃的狗。作为一只领头犬,它是无可匹敌的。不管是白人还是印第安人,赶狗人的话都很重要。如果路在大湖上，从一个岬角边缘行进到另一个岬角边缘，赶狗人就要指着某些光秃秃的峭壁或悬崖——有的甚至在二十英里以外，喊道："旅行者，那是咱们的下一个点，往那儿跑！"它奔跑的路线和测量员测量的一样直。旅行者身上的缰绳绷得紧紧的，前面没有向导，赶狗人也无须多说一句，它就向着目标狂奔而去。

当道路位于冰面上危险的、有隐患的地方，旅行者就特别能显示出它的价值和睿智来。春天的那几个月里，在我们最后的旅程中，这种情况经常发生。那时，灿烂的阳光让冰层开始融化，把它分裂成长长的水晶带。尽管冰层仍有几英尺厚，但在那上面行进还是很危险的。人很容易突然从意想不到的裂冰处掉进水里，往水底沉，耳边响着不计其数的碎冰刺耳的、难听的刮擦声。如果你前面没有有经验的印第安向导引路，那么，发现这些脆弱的冰层，在它们周围迂回前行，保证所有的狗和后面的雪橇安全地走在牢固的冰面上，就是领头犬的责任。这种危险的冰层似乎正是旅行者发挥专长的地方。它对气温很敏感，不希望被气温干扰。你只要告诉它往前面哪个方向去，那么无论得在这些糟糕的、隐患重重的冰道上怎么迂回，它都会死死地盯住目标，准确地到达目的地。

这一点，连杰克和卡菲都做不到。它们俩太有同情心了，没法在前面带路。有时，我把它们中的某一个放在领头的位置上，想试试它们。它们有时做得相当不错，可是一旦安全地通过了某个特别危险的地方，它们就会为其辉煌的

战绩欢呼雀跃，以至于我一句话都还没说呢，它们就会迅速地转过身，奔向我。很明显，它们要么是想听我赞扬它们出色的表现，要么是想看看我在刚刚的磨难中存活得怎么样。这当然令人感动，可这却不是素质高超的一流领头犬所应有的表现。有好几次，它们这样的行为都将仍处于危险境地的我们置于非常尴尬的困局之中。因此，我们形成了一个惯例，那就是总让旅行者跑在最前面，让它在能看得见危险的地方，以及更常见的、人眼看不到危险的地方，做领头犬。

几年来，旅行者一直是这只一流狗队中无可争议的首领。在我的长途旅行中，通常会有一位印第安向导跑在我前面。即使他在我们前面几英里，他穿的雪地鞋也会给后面的狗留下足够多的足迹。无论这些足迹怎样曲折，狗队总能严格循迹而行。不过，到了大湖上，向导厌倦了已经持续了好几天的单调乏味地在前面独行，他会很高兴地把领导权移交给旅行者。这威武的狗便会勇敢地承担起这份人类交给它的责任，一旦方向确定，便一跃而前，一小时接着一小时，以不倦的劲头奔跑着，而"解放"了的向导则坐在后面，和其他印第安人聊着天、抽着烟，在狗队的牵引下，行驶在冰冻的湖面上。

旅行者从可怕的死神手中救出过不少人。在所有它显示了其惊人智慧和精明的事迹中，下面这一件是最耐人寻味的。

多年来，挪威大厦一直是哈德逊海湾公司最重要的内陆交易站之一。在这儿，来自许多遥远的交易站的大量珍贵的皮毛堆积在各个房间里，等待从大尼尔逊河运到约克工厂的货物聚集起来，和它们一起通过海路运到英国去。

挪威大厦在那个时候很重要，因此它成为加拿大最大的皮毛交易中心之一。总督以及其他官员经常在这里召开议会。

有一年冬天，一群跟这项事业有关系的先生们带着他们的印第安赶狗人和仆人，从老福特盖瑞（即现在的温尼伯城）出发，坐雪橇到距该城近四百英里的挪威大厦去。路程的很大一部分都是在大湖上行走。深冬时节，大湖各处的温度从零下二十摄氏度到零下四十摄氏度不等，因此这可是一次很不寻常的旅行。通常，这个富裕的大皮毛交易公司的生意在冬季到来之前都会被妥善安排的，因为处理此事的先生们一般会在北方夏季那几个阳光灿烂的月份里进行长途旅行。可是，那一年冬天，公司遇到了一些紧急事务。因此，尽管天气寒冷刺骨，这些职员和他们的仆人也不得不踏上这趟漫长的冬日旅途。好几个晚上，他们都得在温尼伯湖沿岸那些阴沉的森林里宿营，睡在从积雪中挖出来的洞里。他们要在大湖的冰面上一日又一日地行进。他们队伍庞大，有好几队雪橇，还有好几个印第安赶狗人。因此，在旅行途中，他们不仅必须携带大量的皮袍和毯子以便宿营，还要带上充足的食物、水壶、枪支弹药、斧子以及其他各种东西，另外还要给狗准备大量的干肉饼和鱼。

旅行者给他们领路。有这只尊贵的狗做领头犬，连最聪明的印第安向导都不用想着在前面指路了。当森林中的营地空出来，整个队伍再次从雪洞里冒出来，奔上大湖里的冰面上时，人们只要向忠诚的旅行者指明远方的下一个岬角，它便会径直冲向前，箭一般飞快地朝规定的目的地跑去。大声的喊叫，啪啪啪的甩鞭声，刺疼皮肤的鞭打，这些在这种艰辛的长途旅行中常用的措施，在旅行者领头的时候，都是不必用的。它的狗伴们拥有同样的勇气和耐力，总是出色地回应着它的领导。

就这样，他们一路向北，过了一天又一天。太阳明晃晃地照在他们身上，大麻烦来了：阳光反射在耀眼的白雪上，引起了人的雪盲。这病症让人极端痛苦。它给人的第一个感觉是大量的水从眼睛里流出来。接着，眼球会极度难受，疼痛的感觉就好像是火热火热的沙子正被扔进眼睛里。最后，如果你不迅速采取防备措施，就会全盲。在这趟特殊的旅程中，好几个最棒的印第安向导就遭受了雪盲的严重折磨，不得不给眼睛缠上绷带。这样一来，他们就只能抓着系在雪橇后端的绳子继续行程了。

一天晚上，我们宿营时，天降暴雪。在那样冰冷的冬天里，地上或是冰上的雪并不会堆得有多坚硬，反而会很轻薄，因为大雪很容易就会被接着到来的大风吹到空中。这些风，如果强烈而迅猛地跟着降雪到来，就会制造一场暴风雪。

普通的风雪是无法跟真正的暴风雪相比的。雪暴是在狂风之后出现的，通常发生在天空无云的时候。那真的只是一股高高的、凶猛的风,将轻飘飘、干涩涩的雪花吹起来。这些雪可能几天前就已经降落,被狂风吹拂着旋转、飘荡,以至于空气不时因它们的弥漫变得厚重,每条路都会被雪覆盖。我们前面提到的那种雪的降落,并没有让白人或旅行队里的印第安人太烦恼。实际上,它是在他们已经穿好皮袍、披上毯子,裹得严严实实之后才降落的,因此被他们当成了附加的遮盖物。然而,第二天早晨一起来,它可就没有前一天那么让人愉悦了,因为到处都是雪,有一些似乎都钻进人的脖子后面了。

另外,雪还增加了人们寻狗的麻烦。有些狗被埋在几尺厚的雪下面,无论人们怎么不停地呼唤它们,它们都不肯离开那舒舒服服的隐蔽的"狗窝"。最后,人们不得不用雪鞋代替印第安人手中的铲子,花了很大力气才将它们挖出来。

等人们把埋进雪里的狗全都从雪里头挖出来,套好雪橇,旅程就又开始了。人们很快就发现冰面上有差不多两英尺厚的干雪,要快速前进是不可能的了。不过,暴风已经停了,天空万里无云,他们便在勇敢的旅行者的带领下,尽可能快地往前行进。只是有时候,几个印第安人向导会穿上他们的雪鞋,滑到前面,弄出一条道来,好让拉着沉重雪橇的狗们能行进得容易一些。

一天下午,西天霞光瑰丽,雾蒙蒙的云似乎从西边地平线下升起来了,迅速地扩展到天空上,一圈又一圈地绕着太阳,好像每一圈都闪烁着彩虹似的颜色,一时间异常绚丽和壮观。然后,雾霭增厚了,云圈变暗,太阳本身变成了一个灼热的十字架的中心点,呈现出奇迹般的美丽,让人叹为观止。在它光芒四射的辉煌消失之前,它的上面仍有半圈光环若隐若现,栩栩如生地悬浮了大约一个小时。

然而,尽管天空中的这些景象吸引了这个旅行队伍里的先生们,让他们非常愉悦,但有经验的印第安人心头却充满了担忧。这些红皮肤的人经验老到,他们知道,暴风雪即将来临,这些明亮的光圈和那燃烧的十字架都是信号。此刻,狂风正从阿萨巴斯卡地区或岩石山脉上呼啸而下,等它吹到现在平静地覆盖着一大片新降白雪的温尼伯大湖上的时候,会把这些雪吹起来,形成可怕的暴风雪,像所有大魔鬼一样,呼啸着、怒号着扑向受难者。人们一旦被困其中,而又距森林里的营地甚远,就只有靠巨大的耐力和技巧才能逃脱。

印第安人把他们的推测告知旅行队里负责的先生后,负责的先生决定竭尽全力,尽可能快地前行。每一个能帮着压实道路的人都被派到队伍的前面,为拉雪橇的狗踩出便于它们行进的道路来。这样,几个小时后,他们行进了好长一段,而狂风还在原处肆虐,雪还没有飞扬起来。

夜幕降临时,他们进入森林,建起了营地。当年轻的先生们裹着皮袍,围坐在篝火旁吃晚餐时,他们都嘲笑起那个预测会有一场暴风雪的印第安人来——他的预感似乎是没有根据的,因为没有迹象表明会有暴风。在他们的头顶上,星星一如既往地闪烁在北极的天空上,所有构成前一天那壮观景象的雾霭都消失得无影无踪。在他们面前,伴随着熊熊燃烧的篝火腾起的烟雾笔直笔直的,没有一丝被风吹动的迹象。整个大自然看起来如此平静,因此这些没有经验的年轻先生们会取笑那个老印第安人就一点也不奇怪了。然而,那些老印第安人却并不在意他们的评说。他们凭经验知道,前面有未知的危险在等着他们。即使在受到嘲笑的时候,他们仍在为即将到来的狂风做着各种准备。

喂食的时候,印第安人多给了旅行者一条鱼,又让它睡在一块鹿皮上。同时,它的缰绳被系在一棵树上,以防它偷偷摸摸地溜走。

负责的先生决定第二天早晨很早就出发。结果,旅行队伍在闪电般飞舞的壮丽极光消融进冉冉升起的明亮阳光之前,就行进了好多英里。这天的极光非同寻常地绚烂和活跃。

整个旅行队伍借着天光大开的机会向东进发,行进到一个草木繁盛的地点。在那里,印第安人迅速砍伐了一些枯树,煮出了足够的早餐,所有人都心满意足地吃了一顿。极度的寒冷消耗了人们身体里的许多能量。人们要想保持旺盛的精力,富含脂肪的食物绝对是至关重要的。饭后,他们继续前行,可是没走多久,天气就发生了骤变。看来,尽管遭到了没有经验的白人的无端批评,老印第安人最终还是对的。

有时候,暴风雪会突然落在人和狗身上,像大雾横扫过海面一样将人和狗掀翻。还有些时候,大风断断续续地吹着——神秘地突然吹来，又神秘地突然消失。眼下就是这种情况。旅行队里的白人和印第安人开始都抱着断断续续的大风不会太强的想法，或者至少能拖延到他们到达宿营地之后——他们希望在此之前不要遭遇任何严重的危险。

于是，他们勇敢地向前奔驰，穿越了大湖上的一个大水湾。这个水湾有好几英里宽，即使在好天气里也要穿越好几个小时。陆地渐渐在他们的视野中消失。

狂风确实增强了。旅行者奋勇保持着前进的速度，好像跟赶狗人一样意识到耽误不起时间了。

狗队现在全都被系在一起，前面雪橇上的绳子系在后面雪橇上的狗的项圈上。当暴风雪劈天盖地扑过来的时候，除了有经验的印第安人，每个人都紧紧地抓着绳子的一端，或者用赶狗的鞭子把自己绑住，以防从雪橇上掉下去，跟大部队走失。

这些防备措施绝对是必要的，因为雪非常厚重，无论往哪个方向，人们看到的雪都有好几尺厚。而且，暴风雪的呼啸声巨大，弄得极短距离外的说话声人们都听不见。

因此，他们把队伍系在了一起。在勇敢的旅行者的带领下，队伍在这样糟糕的环境中尽力地往前赶着。暴风雪终于成形了。显然，它主要是从西北方吹来的。结果呢，旅行队不得不顶风而行。可它又时不时地在他们周围疯狂地打转，让人感觉它就像是从四面八方吹来似的。暴风雪这种打旋、形成涡流的特点正是它最危险的地方，因为它会给人们保持准确的方向增加相当大的难度：面前一丝道路的痕迹都没有，而人的视野又极其有限，完全不可能根据任何远方的路标判断行进的方向。

然而，旅行者在队伍前面，这正是狗显示其智慧超越人的经验的时刻。

幸运的是，旅行者曾在另外一些年份成功地带领过同一个旅行队。所以，现在所有的希望都寄托在它身上了，因为没有人——不管是白人还是印第安人，能看到前面几尺远的地方。

这样前行了几小时后，队伍停下了。人们把干肉饼袋打开，把手边的其他设施准备好，每个人都尽其所能地顶着狂风吃起富含营养的食物来。这对抵御肆虐的风暴和刺骨的寒冷至关重要。

接着，旅行继续。旅行者毫不犹豫地领着他们在依旧疯狂的暴风雪中前行了好几个小时。渐渐浓重的黑暗告诉他们，短暂的白天就要结束，长夜将近。这自然引起了人们的一些警觉，几位负责的先生坚持应该就要走的道路做些讨论，而不是仅仅相信一只狗的领导。印第安人平静地争辩着，他们觉得人再没有什么能做的了，最好还是依靠这只狗的经验和智慧。可是，突然，这只狗似乎也未必可以依靠了，因为旅行者——这无可匹敌的领头犬，不期而然地停了下来，小心翼翼地躺倒在雪地上了！

这的确是严重的事，也是不能被允许的事。主事的白人厉声喊叫起来。当所有恳求的、催促的话语都不能诱导这只闷闷不乐、逡巡不前的狗向前移动的时候，沉重的鞭子扬起来了，这尊贵的狗遭到了最残忍的鞭打。让人惊奇的是，即使在最沉重的鞭打下，它都没有发出一声痛苦的号叫，而是默默地承受着。在它周围站着的白人满是愤怒和困惑，他们狠狠地踢着那可怜的狗，但它仍然躺在那儿，既不动弹，也不吠叫。

"宝利特！"负责的白人喊道："你必须在前面带路。咱们不能待在这儿，等着冻死在这可怕的暴风雪中！"

宝利特是那时最有经验的向导，他立刻做出了反应。他敏锐的眼神和长期积累的经验能够帮他分辨出旅行者一直领着他们前进的方向。因此，队伍还没有准备跟从他，他就已经在那昏暗的风雪之夜中向前进发了。他并没有走得太远，而是很快就返回来，惊恐地冲他的同伴们喊道："咱们现在站在薄冰上呢！下面是薄冰！这狗救了咱们的命！"

说到这儿，我可能需要解释一下：许多大河小河都流进温尼伯湖，温尼伯湖只有一个出口，就是大尼尔逊河。在昏暗的夜色里，或者遇到像这样的暴风肆虐的天气，如果人们正处于河口处，很容易就会滑出它冰冻的表面，而自己还没有意识到已经离开了大湖。当人们处于这种位置时，只有在异常寒冷，比如说零下二十摄氏度到零下六十摄氏度之间的时候，人们才是安全的。只要气温比这高一点点，脚下的冰就会慢慢变薄，在上面行进的人和狗就有危险了，这就是敏锐、聪慧的旅行者发现并拒绝通过时发生的状况。

简短的一番侦察表明,情况确实危险。旅行队迅速从这危险的地方撤退到更坚硬的冰面上。

幸运的是,薄冰下的流水为旅行队标示出了他们所在的地点,于是,队伍向东绕行,很快就到达了森林里温暖的地方。那儿有大量的枯树,熊熊的篝火燃起来了,丰盛的晚餐准备好了,他们很快就忘记了旅途的艰辛。旅行队对他们的拯救者充满了感激。

那一刻,旅行者的确是个英雄,可它依旧厌恶因它惊人的聪明而招致的任何爱抚。值得一提的是,除了日常配给的白鱼外,它那天倒是屈尊接受了一块上好的干肉饼。

心碎的"旅行者"

在我买回旅行者之前，它曾被它的前主人、一位供职于哈德逊海湾公司的名叫辛克莱的先生仔细训练过。正是它那奇怪的、不像狗的性格，使它在离开第一位主人的时候没有丝毫遗憾，对我也总是很冷淡。作为狗队里的外围犬，它看起来一无所长，甚至有些迷糊，可是一旦处于队伍的首领位置，它的每一块肌肉都会兴奋地颤抖着，耳朵竖立着，热切地等待着"前进"的命令。这时，它就是一只彻头彻尾的狗。

我们直到失去了它才开始理解它，才意识到首领的位置对于它而言就是整个世界。

"不为恺撒，宁为虚无。"这句话用在它身上特别准确。当它的权威受到质疑，它的自尊心就会让它鄙视任何一个次一等的位置，所以它就躺下，死了。

在旅行者逝去的过程中发生了一些特别凄惨的、几乎是人为的惨剧。叙述这些事让人很悲伤，因为正是我无意中导致了惨剧的发生。

我非常清楚狗的生命很短暂，因此知道旅行者没有几年好活了的时候，我很悲伤，为它所有旧日的活力都将消失而难过。我自然急着想训练几只它的继任者，以取代它的位置。幸运的是，我成了几只非常精良的小圣伯纳犬的主人，其中有几只差不多一岁了。我就想训练它们，期待至少有一只能成为优秀的领头犬。在平时的训练中，它们已经学会了一些本领。在把它们跟别的大狗套在一起的时候，它们表现出来的温和和智慧让我非常高兴。然而，到我将要叙述的这件奇怪的事件发生的时候，我还没有将它们中的任何一只训练成真正合格的领头犬。

　　我们以及我们的狗的主要粮食——白鱼，是从十五或二十英里外的一个渔场获得的。在那儿，十月是捕鱼的季节，正是水刚刚结冰的时候。有时候，冬天确实来得早了些，这时捕鱼就非常费力了，得在冰下面把渔网张开，雇印第安人拉着，直至捕到足够多的美味的鱼儿。

　　捕到的鱼要么被高高地悬挂起来，以防悄悄潜入的狼狗或贼性不改的爱斯基摩狗偷走它们，要么被安全地冰封起来。

　　每年十月，我都能得到几千条这样捕捉、处理过的鱼。持续的霜冻把它们冻得跟石头一样硬，因此在好几个月的时间里它们都能保持新鲜的美味。

　　把这些鱼拉回我们的传教所是一件有趣而令人愉快的事。返程的雪橇上物资满满，我们全都得以印第安人通常采用的匀速慢跑的方式行走，或者更确切地说，是跑动。

因为我正在筹划一次将持续几个星期的长途旅行,要到某些偏僻的印第安人聚居区去。这次旅行我需要带上我最好的狗队,所以我决定在出发前先把我全部的鱼从远方的渔场拉回家。

我们忙活了四五天。因为天气始终晴朗,没有降雪也没有暴风雪,我们很快就踏出了一条状况极佳的道路。

在拉鱼的旅程中,我的几条小狗习惯于跟随队伍行动,它们滑稽可笑的举止冲淡了我们旅途的乏味。不过,在第一次拉鱼之后,后来的一趟又一趟旅程都显得相当单调。有时候,我们会带上额外的挽具,偶尔会给这些小狗套上缰绳,在实践中训练它们。

一天,当我们拖着沉重的雪橇往家里走的时候,我给一只相当不错的小圣伯纳犬套上了挽具——它已经接受过部分训练了。我把它放在旅行者前面,这样它就会把自己当成狗队的首领。不过,我不得不先停下来重新捆绑雪橇上的鱼,因为它们有些松动。

准备好之后,我喊道:"前进!"

令我吃惊的是,旅行者一跃而起,在其他强壮的狗同伴的协助下,迅速向前奔去,而那只小狗呢,由于挽绳短了一大截,只能在狗队旁边蹦蹦跳跳地跑着。我赶紧停下雪橇,上前去查个究竟,却发现在我刚才忙着重新绑鱼的时候,旅行者的牙齿也没闲着,它成功地咬断了我系在它前面的这只狗的挽绳。

我又气恼又好笑,恼的是一套新挽具几乎被毁了;好笑的是,这许多年来旅行者一直是无可匹敌的领头犬,居然跟一只系在它前面的小狗"一般见识"。

"好啦!好啦,老伙计!"我说,"这次我就原谅你,可是你记着,你要是再这么干,是会惹麻烦的哟!"

然后,我没费什么劲就逮住了那小狗,发现被旅行者咬断的挽绳还可以用,便再一次把这只小狗系在狗队的前面,使它的头朝着家的方向。我喊了一声:"前进!"令人兴奋的情形开始了。

小狗的表现很出色,可是,可怜的旅行者发了疯似的狂怒不已。它对降落在自己身上的这份侮辱怒不可遏,根本没法控制住自己的脾气。它试图抓住小狗,粗鲁地把它拨过来拨过去。受惊的小狗极不服气,死死地护着自己的挽绳,拽扯着,奔跑在这愤怒的老狗前面。看到这招不奏效,旅行者又试图像上次一样咬断小狗的挽绳。这当然是我所痛恨的,于是我甩了它几鞭子,向它表明,尽管我原谅了它上一次的所作所为,可我没有心情看着那珍贵的挽绳再次被弄断。又一次遭到挫败之后,情绪激动的旅行者孤注一掷地要超过小狗,跑到最前面去。小狗怎么能就这么突然地取代了它领头者的位置呢!可是,旅行者身后的大狗们可没有它的精神头,因为鱼是很重的,它们没有办法分神,因此更愿意按照一般的速度,完成自己分内的工作,而不是急急忙忙地置雪橇上的几千条鱼于不顾,去追击一只小狗,即便是旅行者要这么干也不行。

旅行者能想出来的每一条计策都完全无效,于是突然垮了。它的自豪、热情、雄心全都崩溃了。它那高高扬起的、长着一双敏锐眼睛的脑袋耷拉下来,长尾巴在后腿间藏藏掖掖的。旅行者满脸都是绝望的神情,彻底的沮丧裹住了它。它像一只被击败的狼一样,机械地踽踽而行。

我觉察出了不对,赶紧卸下它前面的小狗的挽具,让它继续处于领头犬的位置。

它好像还是没精打采的,我便冲它喊了几句打气的话:"可怜的大狗啊,原来你不想让那只小狗取代你的位置。对不起啊,我没有顾及到你的感受。我再也不会让你这么烦恼了!"

可是,太迟了!伤害已经形成,旅行者的心碎了。它再也没有原谅我,再也没有像以前那样高昂着头,精神抖擞地往前冲。我说的所有安慰的话语现在对它来说好像都是愚弄。它以前就不怎么在意别人的安慰,现在似乎更是把它们看成侮辱。它再也没有平和地看我一眼,或是冲我摇一摇尾巴,只是闷闷不乐地往家的方向行进,几乎没拉一磅的重量。我曾希望一顿丰盛的晚餐、一个晚上的休息会让它忘记烦恼,可是它并没有忘记。我徒劳地给它套上最好的挽具,上面装饰着狗非常喜欢的绸带和银铃,但还是没有用。我的妻子非常喜欢这只尊贵的狗,经常能让它高兴地摇尾巴,这时也费尽心思想把它从沮丧中拉出来,却也如我一样失败了。不久之后,它跑到我家门前的大湖上,在那儿发出一声最悲哀的号叫,然后躺在冰面上,好像睡着了。

我妻子从窗户里看见它，就派一个老印第安人去把它带回来。当这个印第安人走到它跟前的时候，发现它已经死了。

忠诚的大狗啊！它不具备足够的自嘲的能力，而自嘲，在当时又是多么重要啊。在这个时代，成熟和睿智之前的毫无经验和少不更事更受人们欢迎。

第一只罗沃:成功的狗医生

罗沃是一只漂亮的黑白相间的大狗,但也是我见过的最胆小的狗。我的狗队里最小的狗都能吓跑它。它从来没有表现出打斗或抗争的欲望。一看到鞭子,它就会立刻号叫起来,逃得远远的。一句严厉的责备就会让这只可笑的狗呜咽半天。

它毛茸茸的尾巴短短的,但是非常白。心情好的时候,它会把尾巴翘得高高的,而当它的尾巴像把扇子似的展开的时候,会显得非常可笑。

在它告别幼崽期,刚刚成为一只小狗时,有一个冬天的早晨,我出去查看设在我的传教所后面一两英里以外的森林里的几处猎捕野兔的陷阱。事后看来,我允许它陪着我是很不明智的。这小淘气对这件事非常有兴趣。后来呢,它独自跑开,吃掉了几只掉进陷阱里的兔子。从此罗沃爱上了兔子肉,每天都拿它做早餐。我花了好大的劲才让罗沃改掉这个习惯。

鞭打罗沃会让它悲惨地号叫,不过它不长记性,很快就会故态复萌。在尝试了各种办法后，我终于用一种奇怪的方法成功地制服了它。一天，在它正要将一只兔子拽出陷阱的时候，我逮住了它。不管它怎样悲哀地号叫，我都把死兔子牢牢地绑在它的背上，让它一整天都带着死兔子。它苦苦地哀求我将死兔子取下来，但我无动于衷。无奈之下，它又去恳求我的孩子和其他人，求他们将它从这耻辱的重负中解脱出来。没人理睬它的恳求，正如我们计划好的，所有人都责备它太淘气、贼性重。当它试图自己用爪子把死兔子扯下来的时候，我们就鞭打它。这样一来，它无奈地背了一天的死兔子。到了晚上，我把兔子取下来，扔给它。这种惩罚彻底"治愈"了它。从那天开始，它就总是小心翼翼地避开所有的野兔陷阱。

不过，尽管它极其胆小、敏感，却非常有耐力，是一只很有价值的雪橇狗。在一个由四只狗组成的狗队中，它忠实地履行着自己的职责，从来也不会像有些狗那样时不时地偷懒。

我在长途旅行时，常常要和四只狗组成的狗队以及三四个印第安同伴走上几百英里。晚上宿营的时候，我们要做的第一件事就是卸下狗身上的挽具。我们必须在雪地上挖出宿营的窝，准备晚上休息的地方，这样的工作得花上我们一两个小时，然后我们才能为饥饿的狗融化冻鱼。对这种耽搁，狗早已经习惯了。它们各行其是，直到化冻的鱼的香味将它们聚到一起，开始在离篝火尽可能近的地方进餐。

一些有狩猎本能的年轻的狗会出去猎取兔子。因为在

这片土地的特定区域,在冬天的某些日子里,兔子成群结队,特别多。罗沃可是已经受够兔子了,它再也不想猎捕兔子了。不过,它在准备它的宿营地时的那种精致让我们快活了许久。在被卸下挽具、定下宿营地点后不久,它会小心翼翼地绕着整个营地转一圈,仔细地检查面貌不同的凹陷地带,以及附近浓密的香脂树。如果风很小或无风(我们感觉似乎是这样的),它会跳到某些覆盖着积雪的岩石或倒下来的树上,在那里嗅来嗅去,直到确定了空气流动的方向。它在这件事上从未出过错。即便空气如此安静,从营地里的篝火上升起的烟雾和火星都是垂直的——很明显,一丝风也没有。可是罗沃总能准确地把它的宿营地选在背风的那边,因为常常在几个小时以后就会起风,它可不想被风吹着,睡在露天里呢。它为何能做得这样准确,避免让刺骨寒风吹拂,我始终不得而知,也许是动物神秘的天性所致吧。

在经过万分审慎的考虑,定下舒适温暖的宿营地之后,罗沃就开始尽其所能,将营地弄成一个适合居住的窝。首先,它仔细地从雪堆顶上往下刨,一直刨到地面上。如果碰到隆起的树根、坚硬不平的地面或者尖利的石头,它会先用牙齿试着将它们移走。如果移不走它们,它就会转移阵地,直到找到满意的地点。然后,伴随着心满意足的嘟囔声,它会蜷缩在它仔细准备的窝里休息,直到晚餐的呼唤把它和其他的狗带到它们各自的主人身边。每只狗都会接受两条上好的化冻了的白鱼。这是二十四小时内它们唯一的一顿饭,所以品质是极好的。

尽管罗沃是只大狗,看上去也很有力量,可它的赶狗人却不得不保持警惕。不然的话,别的狗队的某只奸诈的无赖狗就很可能抢走它的一条鱼。罗沃是一个缓慢而优雅的进食者,它以极大的愉悦感享受它的晚餐:把鱼肉一块一块地撕下来,一块一块地放进嘴里咀嚼,还不时地发出好笑的咕哝声和鼻音,显示它吃得非常惬意。它这么悠闲地吃它的晚餐,所以总是最后一个吃完。这常常令它的赶狗人很恼火,因为只有等他所有的狗都吃完了,他才能吃他自己的晚餐。罗沃吃完了自己全部的配额后,会悠闲地回到雪地里它为自己悉心准备好的休息地,可它总是发现那地方已经被别的狗占了。

接下来就好玩了。入侵者往往是曾经跑出去猎兔子的那些活跃的狗的中的一只。这只活跃的狗是被晚餐召唤回来的,它狼吞虎咽地吃完自己的两条鱼,就发现了罗沃精心准备的这个舒适的休憩地,立刻把它据为己有,准备舒舒服服地躺在这儿过夜。

然而,罗沃可不答应。它叫没心情就这么让别的狗抢走自己精心选择、费力准备好的窝。看着它努力地想把入侵者赶出去,真是太有趣了。这狗窝大概有两三尺深,一只狗已经待在里面,露出一嘴雪白的牙齿,发出恶狠狠的号叫,而可怜的罗沃只能鼓足勇气,看着下面,汪汪汪地叫唤。

入侵者对罗沃汪汪汪的叫唤并不在意,因为它知道,罗沃没有胆量发起凶猛的进攻,所以它只是露着利牙,发出一两声表示抵御的号叫。入侵者似乎在说："我就占了,有本事你把我赶出去呀!"罗沃就那样用它有限的"词语"抵抗了几分钟。发现自己所有的努力都无济于事之后,它总是跑来找我。

看到它跑过来,印第安人乐不可支。我故意围着篝火不断走动,或者在雪橇之间穿梭。罗沃固执地跟在我身后,直到我都觉得自己测试它的耐力已经测试得太久了,这才停下脚步。然后它就会汪汪汪地叫着,抓住我的鹿皮大衣的一角,轻轻地但很坚决地拽着我往它费劲准备好却被入侵者占领的窝走。罗沃是不会松开我的,除非我被带到那窝的边缘。接着,它就会用滑稽又哀怨的"语言"把我的注意力引向这个十分遗憾的事态上,恳求我介入。

一顿棒打或者鞭抽很快就让那个粗鲁无礼的闯入者跳出来,灰溜溜地潜到阴暗处去了。满怀感激的罗沃汪汪汪地叫着,跳进它的窝,很快就蜷缩起来,毛茸茸的短尾巴翘到鼻子上,享受起它盼望已久的休息来。

五六岁的时候,罗沃把自己当成了我所有的狗的外科医生。看它"做手术"是很有趣的事,有时候还挺滑稽。四年忠诚的服务多少使它的身体有些发僵,所以现在它只参与短途旅行,比如为帮教堂、学校和传教所运木柴的狗队拉雪橇。这样一来,它轻松了许多,悠闲了许多。

艰辛的长途旅行结束,狗们回到家中。这时候,看罗沃如何特别仔细地照看那些有各种伤痛的狗是很有意思的。有些狗回来时常常筋疲力尽,有时是脖子酸痛,有时是其他我们不知道原因的病痛,还有一些毛病是由冻伤以及惨兮兮地流血的脚掌引起的——尽管我们采取了所有我们能想到的保护措施,给它们穿上了暖和的狗鞋。

对这些遭受了折磨的、勇敢的狗来说,罗沃的服务确实非常宝贵。老天爷早有安排:狗的舌头是它们清理自身伤口的最好的"仪器"。如果一只狗的伤口在它的舌头舔不到的位置,那这伤口通常是致命的,死亡或迟或早会到来。在这种情况下,罗沃温和而执着的关怀尤其具有极大的价值。它救活过我的好多只狗。

罗沃对我所有的狗都很友好。某只狗的挽具一卸除,它便会立刻上去进行检查。如果发现那只狗身体上有受伤的地方,罗沃会非常温柔地舔舐这些地方,即使受伤的狗一开始讨厌它的介入,有时还会强烈地抵制它——这根本不会影响罗沃。我曾看见它躺在伤狗的脚边,等伤狗气消了再站起来继续清理对方的伤口。生硬的拒绝,甚至被推开,都不会令它气馁。它似乎在说:"那个伤口必须加以关注,我要继续做我的工作。"它做了,做得很好、很彻底。

过了一段时间,狗们似乎明白了这是罗沃的工作,便会期待着它来照看自己。这时,罗沃听到的吠叫就只来自那些首次受伤的狗了。之后,当罗沃治疗时,狗们全都要么耐心地站着,要么滑稽地躺着,要么滚过来滚过去,任由罗沃处置。

有些狗习惯了罗沃的关照,某些时候它们会强迫罗沃给它们检查。比如,我曾看到腿脚酸痛的狗不用自己的舌头舔舐伤口,反倒跑去倒在忠诚的罗沃的脚下,伸出它们受伤的腿脚,要它检查、治疗。

忠厚的老罗沃啊!它似乎意识到这件事是它的责任所在。当我和十二三只狗从长达一个月的内陆旅行中回来的时候,罗沃发现至少有四只狗都需要它的关照。在接下来的十几天里,它会悉心照料这些需要关照的狗。

所以,罗沃——这只我所见过的最胆小的狗,这只忠诚可靠的雪橇狗,就变成了印第安人所称的"穆斯可可·阿汀"——狗医生。

那该诅咒的袭击北方狗的可怕的瘟热最终降临了,我们悲伤地埋葬了老罗沃(后来我们一直这样称呼它)和它的许多同伴。

第二只罗沃，也叫基莫

第二只罗沃，印第安人称之为"基莫"，是一只漂亮的纽芬兰犬。它是渥太华的牧师马克博士送给我的。

我们的首次见面颇为独特，令人兴奋。在渥太华，它被装进一个盒子状的大木箱里，准备由运输公司送给身在安大略省汉密尔顿的我。我当时待在那里，为返回红河做最后的安排。那时候，从渥太华到汉密尔顿，乘火车需要转三次车，路上得耽搁很长时间。罗沃到达目的地的时候，已经是它在渥太华上车三天以后了。在这三天里，没人照顾它，它既没有吃的也没有喝的。

结果，因为遭到了长时间的囚禁和忽视，它变得异常愤怒。在汉密尔顿，它表现得那么疯狂，以至于必须由四位运输公司的员工才能把它送到我的住处来。这四人人采取的措施表明他们有多怕这只生气的狗：他们弄了两块长木板，将木板平行放在地上，然后设法将大木箱放在木板上，每个人抬着木板的一头，把这大木箱和它的"内容"放进一辆四轮马车上，就这样把这只狗送到了目的地。车驶进院子,他们同样小心翼翼地抬起箱子,把它放在地上。我碰巧走过来,注意到箱子里一阵骚乱,自然就问他们是怎么回事。

他们描述了把这只野蛮的狗从火车站运到我的住处时遇到的重重困难,说得非常激动。

"它不是被严严实实地关在箱子里的吗?"我接着问。

"就是这'严严实实'把我们折腾坏了。事实上,它一直孤注一掷地想冲破那箱子,我们都担心它会成功。要真那样,唉,我可不想在它周围瞎转悠!"

我饶有兴趣地望着他们——这些人真的是怕极了这只叫罗沃的狗。我瞥了那只狗一眼,发现它个子的确很大,可它那么结实地被困在箱子里,是不能伤害到别人的。

折腾了一番之后,他们终于把箱子放到地上。其中一个人从口袋里掏出送货单,问我知不知道这只狗的主人是谁,或者这房子里有能签字接收这畜生。

"这狗是我的,我来签单吧。"我答道。

"你的狗!"他们吃惊地叫起来,"那你怎么不跟它说说话,让它安静下来!"其中一个人诧异地质问我。

"因为,"我回答说,"我以前从来没见过这只狗呀!它是我在渥太华的一个朋友送给我的。你们的运送让它在路上耽误了三天多。瞧瞧吧,它现在又饿又渴,再加上被困在恼火的大箱子里,能不发疯吗?"

"唉,那你打算拿它怎么办?"

"首先,"我回答,"我要把它从这个大箱子里弄出来。"

"一个人？"有人问。

"是的，一个人。"我回答。

"哦！那你等等，等我们出去了你再开始，行不？"

"当然了。"我答道，"不过请快点，这可怜的狗在那里面待得已经够久了。"

于是，在我准备释放罗沃的时候，这四个人把大木板扔到马车上，调转车头，迅速离开了院子。然后，他们关好高大的院门，爬到墙头上，观看我如何"被那只狗吃掉"（其中一个人就是这么说的）。

我对自己将要采取的办法充满了自信，因为不久前我曾将其付诸实践。

我从厨师那儿要了一大盘冷肉，园丁给了找一把斧子，管马厩的男孩又提了一大桶水给我。

我把肉和水放在我触手可及的地方，以备不时之需。然后，我悄悄靠近大箱子，用马克博士在信中告诉我的名字呼唤它，开始跟它和蔼地说话，同时使劲地劈砍这个包装得十分结实的大箱子。

一开始，我每砍一斧子就说一句话，这似乎使它更加疯狂和恼怒了。斧子每次砍在木箱上，它都跳起来往落斧的地方扑。我都害怕斧子劈穿木板后会狠狠地伤到它。

所以，我一边加速劈砍一边小心翼翼地观察。斧头雨点般地落在木箱上，木片不断飞落下来。

在此期间，我一直跟它说着话，告诉它，它被这么对待太可耻了，不过麻烦马上就会消失的，我很快就会放它出来,有好多好多的食物和水等着它呢。

木板一点点地裂开,木屑一片片地飞落下来,罗沃看见了阳光。这大概是阳光第一次照进它的大木箱,它立刻发生了变化。它瞅见了一个能逃出来的裂口,焦急地想钻出来,显示怒吼和生气的吠叫立刻有所减弱。

我一边跟它说着宽慰的话,一边继续劈砍木箱,直到发现一个用手使劲一拽就能卸下足够宽的木板以便放它出来的地方。于是我放下斧子,提过手边的一桶水,放在木箱旁边,然后猛地退到那块木板后面。罗沃异常兴奋,因为它获得解放了。我伸手抓住狗脖子上的颈环,把它弄出了箱子。

"可怜的狗,他们这么虐待你太不应该了!到这儿来,好好喝点水吧。"它还没意识到自己身在何处,头就被我按进水桶里。我生平第一次看见狗喝水喝得跟马似的。

它是多么享受这些水啊!好像喝得没个够似的。我看它喝得差不多了,便把冷肉盘子拉过来,用手一块一块地喂肉给它吃。还好,肉够多,虽然它是一只大狗,而且饿了几天了。等终于吃饱喝足后,它环顾四周,揣度起形势来。我觉得,它似乎刚刚意识到自己曾被困在一个可恶的"牢房"中,曾又渴又饿,而我是作为它的拯救者来到它面前的。我让它在院子里踱步。只见它走动着,好好地把已变成碎片的那个牢房嗅闻了一番,接着走向我。它那摇摆的尾巴、那充满感激的聪慧的大眼睛都显得意味深长。我们成了朋友,从那时起一直到最后,都对彼此付出了最温暖的友情。

"哎哟，太让人震惊了！"一个货运员叹道。他们四个从墙头上跳下来，各自干该干的事去了。

那天晚上，我和罗沃在汉密尔顿城区的街道上散步，散了很长时间。它紧紧地贴在我的脚边，似乎并不想看见它的主人以外的任何别人。它的主人，在它看来，是它的拯救者。

它到死都是一只强壮、忠诚的狗。看见我总是它最快乐的时候。为了把它训练成一只雪橇犬，我得把它和三只训练有素的狗系在一起，我自己和另外一支狗队走在前面。这对罗沃就足够了。听到前面有它挚爱的主人的声音，它总是会快乐地做出反应：它会跑向前面，飞快地追上由我驱赶的狗队。

像我所有举止得体的狗一样，罗沃没有爱斯基摩狗那样结实的脚板。所以，我得为它和其他狗做一些准备，以便它们尽可能克服这个缺陷。

各种应急办法我都想到了，但我发现，最好的办法还是每次旅行都带上大量的狗鞋。这些鞋是由一种羊毛布制成的，编织得很结实，因此穿起来让人感到很暖和。鞋的形状很像不带拇指的连指手套，有各种尺寸，无论狗足大还是小，都能穿上紧贴在它们脚上的这种鞋。

冬天相对不那么冷的时候，受伤或是冻脚的狗就相对少些。但是，在接下来的那个冬季里，很有可能几乎所有的狗都会被冻伤折磨。一般来说，受伤的都是我从外地引进的狗或是它们的后代，但有些年份的冬天，几乎我拥有的每一只狗都会遭罪。每当遇到这样的冬天,当我给狗们穿上舒适的羊毛狗鞋的时候,它们相互间会有争夺。

这些狗受的脚伤各有不同。有时候某只狗的一只脚冻伤了,一经发现——这只狗通常会立刻向我们报告它的麻烦,我们就会生起一堆火,让它待在火边的一块鹿皮上。热气和它舌头的舔舐很快就让它的脚解了冻。这之后,我们会仔细地给它的脚上套上一只舒服的鞋。一般情况下,几天后,它的脚就好了。不过,情况也不总是如此。曾有几只狗的冻伤严重,脚溃烂了,流了好几个星期的血,它们能活着回到家我们都感到很幸运。我们会赶紧让这些忠诚的动物好好歇上几周,接受独特的狗医生——老罗沃精心的治疗。

有些狗的脚指甲非常脆。在艰辛的旅程中,它们的脚指甲常常会折断,或者脚跟处开裂,形成难看的伤口。大湖和大河上的冰有时非常粗糙,这些狗行走在上面就很难受。即使冰面光滑如镜,伤口还是会时不时地影响它们的行走,它们的脚板会变得酸痛,会流血。柔软而温暖的狗鞋是我们治疗所有这些病痛的好办法。曾经受惠于狗鞋的精明的狗在认为自己需要狗鞋时,一点都不会迟钝。

一开始,为了让某些更神经质、更多疑的狗了解这些鞋对它们有好处,我们遇到了困难。有的狗会使劲把它们从脚上扯下来,我们得把它们看紧了,甚至要为此惩罚它们。然而,不久之后,它们就发现穿上这些鞋是多么舒服了。现在,它们都乐此不疲地采用各种办法,诱使我们给它们伤痛的脚套上这些舒服的鞋子。

罗沃很快就变成了要鞋子的专家。它并不满足于一只或两只脚在必要的时候穿上狗鞋,而是打定主意,坚持"保护优于治疗"的原则,想在我们每天的长途旅行中都给自己的四只脚都穿上它。它会在我们开始给狗队套挽具的时候故意躺在地上,把四只脚高高举起,无声却又强烈地恳求给它们穿上暖和的鞋,非常好玩。

它跟我在一起的时间不长。北方那致命的狗灾、瘟疫夺去了我训练过的最值得信赖、最尊贵的狗——罗沃(基莫)。我生了一大堆原木篝火,试图将它火化。一群饥肠辘辘的印第安人却把它的尸体从火中拖出来,吃掉了它。可怜的罗沃!

马菲,慈爱的狗妈妈

马菲和另外两只漂亮的圣伯纳犬是蒙特利尔的安德鲁·阿兰太太送给我的。

我在安大略省和魁北克省有一段长时间的布道。布道快结束的时候,我收到了这三只狗。冬天结束之前,我开始往位于温尼伯湖东岸贝伦河流域的传教所赶。

我急于回家,所以打算利用利用我的狗。我带上了马菲和罗沃。我们坐火车到了明尼苏达州的莫尔黑德,然后又坐马车,最后两三百英里坐雪橇,到达了温尼伯湖。后来,杨太太又把阿兰太太送的另外两只狗带了回来。

在西部铁路线附近的一个地方,马菲和罗沃为我们的旅程贡献了一个有趣的插曲。我把它们留在行李车厢里,交给行李员看管,还留下满满一篮子熟肉做它们的食物。为防止出现意外,行李员用狗链把它们拴在几只大箱子上。

火车运行了好几个小时,列车员和狗看起来相处得极其融洽。突然,列车长冲进我和其他乘客所在的长车厢,高声喊道:"行李车厢里那些狗的主人在哪里？"

我当然满心诧异,立刻就站了起来,因为我不知道我的狗弄出了什么事。

列车长一句解释也没有,听我回答说狗是我的,便喊道:"快点跟我来!"

这趟火车的车厢是美式的,两头都是开放的,所以我很顺畅地跟在他后面走过一节节车厢。我们到达行李车厢,推开门,不用别人再解释,我立刻就明白是怎么回事了:两只大狗站在那儿,无畏地保护着那两个拴着它们的行李箱,那架势使得健壮的行李员都不得不对它们敬而远之。出现这种局面,似乎是因为这些行李箱应该跟着它们的主人下车了,行李员试图把狗移到另外的地方,好把这些箱子搬出来,狗却不干了。行李员用尽办法诱导,还加上了威胁,狗却死死地守着箱子,不让他靠近。我赶紧走过去安抚它们,行李箱很快就被搬走了。

在温尼伯,我发现我的狗队和赶狗人正等着我呢。一备好必需的物品,给马菲和罗沃上好挽具,我们就开始向北行进。这两只年轻的狗很快就熟悉了拉雪橇的工作,拉得很不错。

三月,我们到达目的地。冬天还剩下几个星期,我们还可以利用这些狗干一件事。对这件事我相当投入,就是从大湖上的一个较远的岛屿上拉大量的原木和木材到大陆上我们正在建设的传教所去。

事实证明马菲是一只非常可靠的狗。它不仅健壮有力、耐性很好,而且还具有一种在火车上就已经显示出来的超强的能力。当我希望保管好什么东西,以防被一些图谋不轨的狗或其他入侵者偷走时,马菲通常会被我选来担负守卫的职责。它会忠于职守,出色地完成任务。一旦我让它负责守卫工具、食物,或者留下来照看用来给在森林里砍伐木材的人们做饭的篝火,那它是不会让任何陌生人或者狗靠近它的。

砍木材和拉木材是我们常干的活儿,我的印第安仆人和狗干得都非常辛苦。仆人们砍下来的木条和木块都得由狗拉上十多英里。六只狗还要拖着一根十英寸见方、三十六英尺长的青云杉或香脂树树干,匀速慢跑着,把它拖到我们选来建教堂和牧师住所的地方。

马菲是最积极肯干的一只狗。事实上,它过于热情了。正如我们即将看到的,过分的热情使它受了伤害。它是几只漂亮小狗崽的母亲,母性在它身上表现得那么强烈,以至于在小狗崽们都断了奶,已经长大了之后的很长时间里,它还老是牵挂着小狗崽们。如果我把它和小狗崽们分开,它会不高兴,会烦躁不安,直到再次和小狗崽们聚到一起。卡菲被套上挽具,和其他的狗一起去拉雪橇的时候,让人心碎的情形就会出现。它会绝望地拽着自己的项圈,焦急地想回到家里。

最后一次长途旅行时,它几乎把自己弄瘫了。这次旅行,我是在我亲爱的同事约翰·西蒙斯的陪同下,到红河定居点去传教。我们是和其他几位牧师一起出发的,但他们多数时间更喜欢骑马,所以他们比我们慢多了。我们尽可能地按照我们认为正确的道路快速前进着,比他们提前许多到达了安全地带,因而也就躲过了一场大风暴。这场风暴令他们和他们的狗以及印第安赶狗人备受折磨。

在下加里堡附近,我们受到了斯福顿先生和他令人愉快的家人殷勤的招待。在那里,我们脱下皮衣,穿上正式的服装,到达了一个正在兴起的小村庄。

我们出席了一场活动,然后进入居民区传教。接下来的那个星期六,我又回到斯福顿先生的家中。狗队和我们用的印第安人的装束是留在他家里的。我们度过了一个非常闲适的安息日。午夜时,斯福顿先生给我们两个牧师和两个忠诚的印第安向导准备了一顿热气腾腾的饭菜。

然后西蒙斯先生和我退回我们的房间,换上我们原来的装束。这装束跟我们刚脱下来的黑色正装可太不一样了,穿上原来的正装估计连我家人都会认不出我来。不过,这由驼鹿或驯鹿皮制成的服装恰恰适合我们正从事的工作、正经历的生活。

我们忠实的印第安向导已经收拾好雪橇,狗们也都休息得不错,已经上好了挽具,个个都蠢蠢欲动。我俩没什么可做的了,向热情好客的主人致以祝福、道了再见之后,便启程了。

那是一个寒冷刺骨的夜晚,寒风呼啸,连天上闪着寒光的星星似乎都在同情我们。离开那温暖舒适的屋子,被迫在周一凌晨一点钟出发,踏上几百英里长的雪域之旅,这

对我们来说的确太残忍、太艰难了。

我还算是幸运的。我家离这里只不过两百英里，但我亲爱的朋友就不得不坐雪橇行驶七百英里，才能到达他那位于伯恩特伍德河上的原木小屋。

马菲是承担这次艰巨任务的雪橇狗，它使劲地拉车。日子一天天地过去，它一天天地越发疯狂，因为它知道自己离家、离它的狗崽越来越近了，尽管它们早就断了奶，差不多已经长成相当健壮的大狗了。制止它好像是不可能的。我们的物资非常重，每个雪橇平均重达一千英镑。这当然是因为我们利用拜访附近城镇的机会补充了一些新的物资。

在这次旅程中，无论雪橇上有没有物资，训练有素的印第安人始终是跑步前行的。如果物资不是很重，我们牧师通常都能坐在雪橇上越过冰面。然而，在积雪很深的森林里，人人都得步行，跟穿着雪鞋走在前面的印第安人排成一行，这样就能踩出一条道来，好让后面拉着沉重物资的狗队能跟上我们。

这是非常困难的事，所以我们经常喊停。印第安人全都是吸烟者，在这些停顿的时刻，他们自然会立刻填好烟管，抽起烟来。哈德逊海湾公司的某些商人习惯把这样的一天称为"长烟管日"，意思是他们和他们的印第安赶狗人得停下来好多次，休息、抽烟。

马菲不喜欢这样的耽搁，它急切地想继续跑下去。有时候，它会拒绝躺下来，甚至拒绝蹲下——通常是在我们喊停的时候。也许它是用这样的表现来显示它还是精神抖擞的。

休息一结束,旅程一继续,马菲就高兴坏了。它以一种最疯狂的姿态一跃向前,先于那些更泰然、不那么兴奋的狗狂奔起来。

可怜的马菲!唉,它经常这么干!一个刺骨寒冷的清晨,我们正准备从营地动身,雪橇上覆盖着厚厚的雪,狗队里其他的狗行动迟缓,马菲却竭力往前奔跑,结果颈骨咔嚓一声折了,它可怜地吠叫起来,就像人的痛苦的呻吟声。它似乎意识到了自己的无助,倒在雪地上。

我们赶紧过去查看,悲哀地发现它的锁骨完全断了,参差不齐的骨头压进肉里面。不用说,这一定非常疼痛。

我们尽可能温柔地取下它的挽具,把它放到铺开在雪地上的一件皮袍上,给两根断裂的骨头正了位。

这必定让它疼痛万分,但马菲极其能忍。聪明的它似乎知道我们会竭尽所能,所以它没有叫一声,也没有做任何抵抗。我们能做的却非常有限。无论如何,作为一只雪橇狗,它现在对我们根本没用了。

怎么办呢?这是个问题。印第安人只想到了发生这种意外时他们通常采用的一个办法,那就是立刻杀死这只狗,带着成员减少的狗队继续前进。我们听说过,在一次长途旅行中,哈德逊海湾公司的商人们曾带着十六只狗启程,回去的时候,狗只剩下十二只,另外四只出了意外,他们不得不把那四只狗都杀死。一般情况下,印第安人处理伤狗的办法是用重斧给狗狠命的一击。

我们从没有想过等待马菲的是否还有其他的命运。一个印第安人悄悄地从雪橇上取下最大的斧子,和他的同伴一起,等我下令杀死这只可怜的狗。

　　"收起你们的斧子!"我几乎是在喊叫了,"那可能是你们的办法,但不是我的!我有办法!不能杀死马菲!"

　　他们很想知道我会怎么做,于是都放下斧子。我命令他们把受伤的狗轻轻地抬到我的雪橇上,让它尽可能舒服地躺在皮袍中。我们要好好把它带回家。不过,这也就意味着我得像我的印第安向导那样,步行或奔跑至少一百英里。这可是一件令人身心交瘁的事。

　　我们不得不在冰天雪地里宿营了两个晚上,马菲和我一起睡在皮袍子铺的床上。

　　在那趟旅程的最后一个不寻常的晚上,马菲证明了,即使遭受了锁骨断裂的痛苦,它仍然是一只警惕性很高的狗。

　　我们到达距传教所二十英里的一个地方时,夜幕降临了。星星开始闪烁,幽灵似的极光划过北方的天空,发出清冷的、鬼魅一样的光。我们停在一个小树林边——那里的树木差不多都枯死了,讨论到底是宿营还是继续赶路。我们在用雪鞋刮擦出来的一块空地上生起一堆火,给自己烧了些水,以便恢复精力。

　　印第安人和我都急着继续赶路,以便尽快结束旅行,虽然我们都非常疲倦,腿脚酸疼。然而,我亲爱的牧师兄弟却累垮了。他的雪橇装载了沉重的物资,那是为去偏远地区传教而准备的。他一直勇敢地跟最好的印第安向导保持步履一致，很少坐雪橇，结果，很自然地，他的脚肿得老高，起了血泡，身上的每一根骨头、每一块肌肉都需要立刻休息。所以，看到我们决心继续赶路，而不是费心费力地准备另一次宿营的时候，他恼怒地喊起来："给我扔一块毯子、一点干肉饼，让我待在这儿吧。我走不动了！你们有妻子儿子等着呢，可我没有呀！你们走吧，我待在这儿。"

"不……真的，兄弟呀，"我说，"我们是要走，但也不能把你留在这里。我有个更好的办法。"

"唉，随你便吧！反正我今晚是走不动了。"说着，他疲倦而痛苦地躺倒在冰面上。我迅速部署起来：我让两个印第安人带上他们的斧子和雪鞋，我和他们朝树林里走去，在树林里面找到了一个雪堆，从大湖上持续吹来的风已经使它变得非常坚硬。

我们开始干活，用斧子劈砍，用雪鞋刮擦，很快就弄出了一个四尺来宽、四尺来深的雪洞。然后，我把只剩三只狗的狗队赶到雪洞边上，把雪橇上的东西卸下来。

我们先往这个雪洞里扔了些袍子，把袍子铺好，然后小心翼翼地把马菲放下去，接着在上面盖了块水牛皮。这样，除了头部没遮挡，它身体的其他部分都被好好地遮盖起来了。接着，我们又把我们沉重的物品仔细地堆成一堆，放在马菲周围，让它看管。

有时候，在那片地区会有大批北方狼出没，因此我和我的印第安向导在雪地上踩踏出好多脚印，以便能够吓唬狼，并将狼赶跑。狼对二十四小时以内留下的人的痕迹疑心重重，而我知道，要不了二十四个小时，我就能把马菲放出来。

这样安置好马菲后，我赶着我的雪橇，来到精疲力竭的牧师兄弟身边。在印第安人的帮助下，我把他抬到我的雪橇上，用皮袍仔细将他裹好，他立刻陷入了无梦的睡眠。

然后，我们继续赶路。我们走得并不很快，因为大家都很疲倦——在踏上这最后二十英里的回家之旅前，我们那天已经行进了六七十英里。不过，那天最长的旅程已经结束，只剩下这一小段了。

到家时，熟睡的家人醒来，热情地迎接我们。他们都没有想到我们会在这么一个让人意外的时间到家。

疲倦的牧师被从沉睡中唤醒，伤口被抹上了药膏，然后洗了一个热水澡，吃了一顿热气腾腾的晚餐，接着在一张舒舒服服的床上睡了十二个小时。当他再次回到我们中间的时候，整个人都精神焕发、生龙活虎，又是那个和蔼可亲、让人快乐的人了。

然而，在此期间，我们并没有忘记马菲。我们一安全地回到家中，我的牧师兄弟和我出色的印第安向导以及雪橇狗立刻受到很好的照顾，我马上让我忠实的全能助手肯尼迪带上一队精壮的狗去把马菲和它守护的物资领回家。

肯尼迪是凌晨四点钟出发的，到达马菲那儿时已是白天。可奇怪的是，马菲一开始不让他接触自己或任何物资。这令肯尼迪非常恼火，想跟它干一仗。不过，他是个软心肠的人，而且已经听我说过它那悲惨的意外。因此，他不得不调动他那独特的印第安人的智慧。后来的事情证明，他采用的计划是很有效的：他卸下两只值得信任的狗的挽具，让它们跑到马菲仍然死死守卫着的物资那里去。这些让人感到亲切的狗喜欢马菲，所以无视它一开始意在警告的吠叫，朝它冲过去。马菲似乎很快就意识到了这些狗和肯尼迪是自己的朋友，它的抵抗立刻就停止了。

正午时分，它被安全地安排在厨房的一个舒服的角落里，折断的骨头后来幸运地长得密合起来了。我当然再也没有带它长途旅行过，而是让它在家附近做一些轻松的拉雪橇的活计。它的好多狗崽都长成了强壮的、出色的大狗。我很高兴在那场事故中没有如印第安人希望的那样杀死它。

恺撒,聪明的调皮鬼

它是一只健壮的大狗,干起活来精力无穷,但它很狡猾,擅长偷懒,需要有人不停地盯着它。不然的话,它会弄出在使力的假象,其实一磅的重量也没拉。

还是狗崽的时候,它就诡计多端。有一件事令我忍俊不禁,那时它才四个月大。它不知道我从书房窗口那里看到了它的整个把戏。那是在冬天,地上的雪很厚,印第安向导和狗队正忙着从远处的森林里拉回这一年教堂、教区住所和学校需要的木柴。要知道,在那寒冷的北方,冬季是很漫长而难熬的。我们没有木炭,所以需要大量的木柴。为了获得必需的供应,人和狗都非常辛苦。

我们辛苦地把这些沉重的木柴往家拉。这个时节,狗得吃所谓的"全餐",也就是每天吃两条上好的白鱼。马丁·帕潘金斯,我最信任的仆人之一,负责狗的伙食。他特别有责任心,会保证狗受到良好的关照,让每只狗都能享用自己的全餐。每到吃饭时间,他都得特别细心。如果他有所松懈,那些更强壮、更贪婪的狗就会抢走稍弱的狗的白鱼。因为鱼冻得像石头一样硬,马丁通常会在早晨,在厨房里的火炉下面的一个铁皮平底锅上放上十几条这样的冻鱼,剩下的白鱼则放在其他地方化冻。炉子的热气能融化这些冻鱼。到了晚上,狗们完成一天的工作时,鱼都已经半熟了,吃起来更美味。

一天晚上,马丁拉回最后一趟木柴,卸下一直拉雪橇的六只大狗的挽具后,自然就去查看炉子下面的鱼。鱼却不在那儿。马丁转而质问在厨房里工作的印第安女仆,问她把他的鱼怎么着了。

女仆玛丽是个急脾气的人。她不喜欢马丁质问自己的语气,回嘴道:"我想擦厨房的地板,你那腥乎乎的鱼太碍事,所以我连鱼带锅,把它们全扔到外面去了。"

这个回答令马丁非常生气,但他急于查看狗的晚餐,只好一声不吭地冲出厨房寻找失踪的鱼去了。他没费什么劲就发现了大平底锅,可是那里面一条鱼也没有。那些饥饿而郁闷的狗聚在大锅周围,本来应该满满的平底锅现在却空空如也,像一首儿歌里唱的老妈哈伯德空荡荡的食橱。

令人疑惑的是,十几条大鱼都到哪里去了呢?别的狗都在其他地方进餐呢,锅的周围只有一只无足轻重的小狗崽在游逛,他们称这只狗为"恺撒"。然而,这只叫恺撒的狗崽,尽管还很小,却把大平底锅里的鱼拖走了,并且狡猾地把鱼全给埋起来了,整个转运过程我尽收眼底。真是太好笑了!

它是怎么弄的呢?大约一个小时前,我从书房窗口看到玛丽把大平底锅扔出了厨房门。不一会儿,我又听到了一阵很滑稽的号叫声。这奇怪的声音自然激起了我的好奇心,所以我走到窗边,想看个究竟。呈现在我眼前的,是一幅有趣的场景:那只小狗崽已经占有了整锅的鱼。它站在锅边,兴奋地号叫着,然后绕着大锅踱步,接着发出愉快的吠叫。能毫不费力地成为这么多食物的拥有者,它简直高兴惨了,兴奋得甚至都顾不上吃了。

成为"君临天下的帝王"对它来说是天大的乐事。等等,那是什么声音?它听到了远处的狗吠,行为举止立马全变了。它好像意识到自己随时有失去这些可观的意外之财的危险,意识到要保住它们就必须赶紧把它们藏起来,不让任何入侵者发现。

尽管它只是一只小狗,但它干劲冲天地忙活起来。它抓住距它最近的那条鱼的头,把它拖到大概五十英尺远的一个地方。那里的雪很深,但很松软,它用自己的小爪子在那里刨了半天,很快刨出一个足够大的洞来,然后巧妙地把鱼推进去,接着又用爪子扒拉又轻又干的雪,仔细地把鱼盖起来。然后,它迅速跑回大平底锅旁,抓起另一条鱼,拖着它朝另一个方向跑去,以同样的方式把它埋起来。就这样,这胆大包天的小家伙不停地忙碌着,直到把那些大白鱼都拖走,埋到不同的地方去。它掩藏那些鱼的方式如此巧妙,居然没留下一丝作案的痕迹。

当马丁带着狗回来,像平常一样在院子里给那些狗卸挽具的时候,恺撒一脸温顺而谦和的表情,看上去像没有干任何偷盗的事情一样。当饥饿的狗们发现空空如也却仍然散发着浓郁鱼香味的空锅时，恺撒这小小的"伪君子"淡漠地流露出隔岸观火式的同情。这可真是完美的表演啊！不过这也很好玩。当我走出来告诉马丁我从书房的窗口看到的一切时，他脸上忧心忡忡的表情立刻消失了，吃惊地评价道："嗯，那只狗崽会长成一只聪明的狗的。作为赶狗人，我觉得它没准会有聪明过头的时候。"

这些预言性质的话日后常被人提起。

不过，眼下的问题是，饥饿的狗们怎样才能寻回那些被埋起来的鱼呢？

"很容易。"马丁说，"你瞧着吧，我会让这小贼自己供出它藏鱼的地方的。"说着，他悄悄地叫一只饥饿的狗跟着自己朝一处积雪看起来刚被扒拉过的地方走去。

恺撒突然发生了惊人的变化。它脸上那装出来的温顺与谦和顿时不见了，脖子上的毛发飒飒作响，尾巴僵硬地向上翘着。这胆大包天的小家伙打算为自己想尽办法才获得的"财宝"决一死战了。

马丁停在一个"窝藏点"附近，扒开积雪。这时，无畏的恺撒健步跳到他前面，死死地站在这个"窝藏点"上，开始滑稽地狂吠。面对这种情况，马丁只要对脚边的大狗说一句话，那大狗就会一扑而上，把小狗崽掀翻在地，然后迅速地把鱼挖出来。

其他的狗也马上跑开，四处嗅闻，一条接一条的鱼很快就被找到了。

可怜的小恺撒简直要疯了。它从一个窝藏点冲到另一个窝藏点,却无能为力。大狗太多了,尽管它们都不会咬这个小家伙,可不断在深雪中跌倒大大地伤害了恺撒的自尊。它费尽心机,辛苦获得的鱼全都丢了!那天晚上晚些时候,它谦卑地走到厨房门口,乞求我们给它点晚餐。我们自然给了它,作为它给我们带来乐趣的一点小回报。

恺撒长成了一只强壮的大狗,是训练它的时候了。我感到有些麻烦。它很倔强,有时会躺在地上,让前面的狗拽着它跑上几百码。鞭子也吓不住它,受到鞭打时,它就躺在地上生闷气。

然而,我最终想出了一个办法。这个办法不仅对恺撒有效,而且对其他许多一开始不愿被套上挽具的狗也管用。

我新入队的狗一般是在几只狗并驾齐驱的时候被上挽具的。在训练年轻一些的狗的时候,我通常会把三只强健的老狗放在它前面,在它后面又套上一只甚至两只表现不错的狗。我就是用这种阵势训练恺撒的。它后面的狗是杰克。杰克一发出恶狠狠的吼叫,每只狗都吓得站直了,更不用说恺撒了。我把恺撒套在这强健的狗队中,然后喊道:"前进!"奔跑就开始了。恺撒还是一如既往地固执。它先是拼命想摆脱挽具的束缚,但我已经采取了预防措施。我早就知道,一只曾经在训练的时候成功脱出挽具的狗是极有可能再次玩花招的。

恺撒发现这招不行,接下来又倔强地试图逡巡不前。它倒在雪地上,拒绝移动,于是就被前面三只强壮的狗拖着前行。这就到了杰克该上场的时候了。我大喊道："杰克，去摇它！"杰克就等着这句话呢，它咆哮一声，像头狮子似的径直跃向已套上挽具的恺撒，抓住它的背，使劲地摇动起来。可怜的恺撒，身上套着挽具，被前面的狗拖着跑，根本无力抵抗。但固执的它就是不肯屈服。其实我知道，杰克并没怎么伤害它。必须制服它！所以我又冲杰克喊道："再来！"

这次杰克采取了一种完全不同的方式，取得了彻底的成功。它没有抓住恺撒的后背，而是用它尖利的牙齿啃咬恺撒的腿和脚——恺撒被前面狗的拖着，腿和脚向后伸展着。

这一回，杰克下嘴必定极狠，因为杰克刚刚咬了六七口，恺撒就跳了起来，又愤怒又害怕地号叫着，向前狂奔。那速度……要不是杰克拦着，它恐怕会超过前面的狗。几次教训下来，恺撒变成了我最好的狗之一。但胆大的它总喜欢玩些花招，所以，尽管它是一只非常聪明的狗，却需要好好地看管、严厉地控制。我还是很喜欢它的，因此我让它作为我的狗队的一员，旅行过好几千英里。然而，即使到了生命的最后阶段，它似乎都时常聪明得过了头。

我已经把我传教的范围拓展到了很多个州。这么大的地盘，我可以从十月跑到来年三月。除了步行，我唯一可以乘坐的交通工具就是雪橇。每年冬天，我都这样旅行数千英里，穿过那些人迹罕至的荒野。这就是为什么我急切地希望拥有最好的狗的原因。但即使我带着我所拥有的最好的狗,其中的一些狗有时候仍然会令我深深地失望,就像狡黠的恺撒有一次做的那样。

当时,我正前往最偏僻的一个传教所,去那里的路上雪非常厚。我的雪橇上物资满满,我要去的那个地方又特别穷,对传教士也不怎么友好,因此,作为一种预防措施,我带上了足够的设施和物资以备不时之需。启程前,我把我的狗关在狗窝里,让它们吃饱喝足,养精蓄锐,然后精神抖擞地开始了几百英里的长途旅行。可是,我们很快就感受到了穿越厚雪的艰辛。我们的前方没有一丝道路或小径的痕迹,只有上坡和下坡、无数的岩石和倾倒的树。我们在浓密而低矮的灌木丛中跋涉,穿行在高低不平的冰冻的沼泽上。到处都是雪,纯白色的积雪覆盖着大地,有三至六英尺深。就在这一片白茫茫之中,我们一天又一天地挣扎着行进。我们扛着斧子,脚穿雪鞋,在前面踩踏出一条路来,好让狗可以拉着沉重的雪橇跟上。人和狗都开始感到这种持续的艰辛所带来的压力,体重全都骤减,这并不奇怪。然而,有一个明显的例外,那就是恺撒。它仍然精力旺盛,劲头十足。一天又一天,不管我什么时候看它,它都是那么机警和活跃,一点也没让我看出它在耍什么小聪明。我们在这糟糕透顶的路上艰难地行进,别的狗都渐渐变得瘦骨嶙峋,恺撒却越来越肥。我首先想到的是,也许这狡猾的家伙一直在趁我们夜里睡觉的时候偷粮食吃呢,但很快又发现这是不可能的。所以,我只能紧盯着它,督促它尽力拉雪橇。它呢,会装腔作势地猛拽一下自己的项圈,伸出舌头喘息着,似乎在说:"哪只狗能比我干得更好?"

　　这一天的工作结束以后,它仍然没有显示出疲倦的样子,而其他的狗一个个都筋疲力尽。我决定使些计谋考验考验它,如果它真是在糊弄我们,就让它自曝其丑。第二天,我在它的缰绳上另外绑了些腐朽的粗线。它跑的时候,我得仔细地抓住它的缰绳,因为它很容易大惊小怪。然而,当它被安置好,开始拉车时,你能想象我有多吃惊吗?只见它挣扎着向前,好像拉着最沉重的雪橇,而事实是,它根本没怎么用力,连那根腐朽的粗线都没被拉断!

　　我悄悄地招呼我的印第安同伴,要他们注意它这狡猾的伎俩。他们全都大笑起来,声称这是他们见过的最可爱的偷懒花招了。恺撒受到了严厉的斥责,它再也不敢耍这样的小聪明了。

　　恺撒是少数几只没有生过病或出过岔子的狗之一。意外和多种疾病不断出现,好多狗会突然不适于工作,但什么不幸也没降临在恺撒身上。它不会为任何人、任何狗过度劳累或是操心。因此,直到最后它都被称为"老可靠"。任何聪明得足以看穿它的把戏的好的赶狗人都能让它好好干活。

　　不过,在我拥有它的那些年里,它总是被监督着。不管上了挽具还是没上,它都想着要些花招,其中有些花招奇怪得简直让人觉得不可思议。要不是目击者人品可靠,我都不大敢在这里叙述它那些花招。下面我要说的这件有关恺撒的聪明的事表明,它是一只推理能力惊人的狗。这件事当时广为人知,人们后来总是对它津津乐道。

这件事发生在有一年的春天。当时，积雪渐融，春雨淅沥，溪水和河流汇合成了洪流。然而我家前面的大湖上的冰层却依旧严严实实的，有几尺厚。我们家附近有一条涨水的河流，河水冲进大湖，在入口处的冰面上"切"出了一块三角形的水域。在这片开阔的水域上，我忠实的仆人马丁·帕潘金斯撒了一张网，想捕些鱼。我们整个冬天主要靠上一年的十月和十一月抓到的鱼过日子。我们把鱼悬挂在露天的空地上，让它们冻了好几个月。大家自然都很高兴能从开阔的水域里捕些新鲜鱼来吃。

　　每天早晨，马丁都带上一个鱼篓，身后跟着狗窝里所有的狗，去查看他的网。这网大大地张开着，马丁并不需要乘小舟或船去收捡捕到的鱼。他只要抓住系在岸上的绳子的一端，把它拽向自己就行了。他拽啊拽，渔网渐渐被拉直了，够得着了。然后马丁慢慢收网，将网堆在脚边，开始捡鱼。那片水域大约有六十英尺宽。他收捡他的网时，触到了系在那片水域另一边的绳头。等所有的鱼都倒在岸上，马丁又把渔网按原样放好，流水的冲击力很快就把整个渔网冲进水里。马丁把最好的鱼放进鱼篓里，留给两个传教士和他自己家的人，然后把剩下的鱼分给陪自己来的那些热切期待美味的狗。这项工作持续了好几天，鱼的供应不断增加，我们都非常满意。

　　一天，马丁忧心忡忡地走进我的书房。他平时是那么安静、隐忍，所以我马上就注意到了他的不安，赶紧问他怎么回事，只听他脱口而出："主人，有某种奇怪的动物光顾过咱们的渔网了！"

我要他详细讲讲。他回答说,过去的几个早晨,他去查看渔网的时候,发现网线上留下了几百个鱼头,但渔网却好好地待在水里。我推测说,也许是水獭、水貂或其他吃鱼的动物干的。马丁却坚持说他了解所有我说的这些动物和所有其他食鱼动物的习性,认为它们绝对不可能这么干的。这个谜好几天都得不到解答,马丁开始害怕,他要我去找其他的渔民来代替他的位置,因为他跟其他印第安人谈过这件事,那些印第安人得出结论说,干这事的要么是水里的妖怪,要么是恶魔。我嘲笑了他一番,告诉他,我会试着帮他发现是什么人或者动物给我们带来了这样的麻烦。我和他一起去了放渔网的地方,仔细检查了水流的两边,寻找这聪明的盗贼的痕迹。然而,唯一可见的足迹是马丁自己和每天早晨跟他来的那些狗留下的。在距他的收网点北边大约三百英尺的水域,有一股小小的急流,被浓密的香云杉树遮盖住了。我们发现这儿能严严实实地藏一个人,这个人只要稍微小心一点,就能轻松地看到整个捕鱼区的场景。在我的建议下,马丁用斧子在这里清理出了一个窝,或者说是一个观察点。我命令他和其他几个印第安人第二天破晓之前绕个长距离,从香云杉树后面谨慎地摸到这儿来,仔细藏好。他们认真地按照我说的做了,藏在那儿,悄无声息地等着早晨的到来。一看见什么东西过来他们就要紧张一阵子,就这样劳而无功地望了好长一段时间。他们焦急地观察着视线内的每一个地方,但没看到什么不同寻常的东西。

"嘘!"有人说,"瞧那只狗!"

那是恺撒,正沿着小路悄悄地跑来。它不时停下,嗅闻着。所幸风是朝着这些印第安观察者吹的,狗并没有闻到人的气味。它走到马丁平时收网的地方,四处张望了一番,然后开始忙活起来。只见它咬住绳子,使劲拽着,同时快速往后退了一段距离,然后踩着铺在地上的绳子,走到水边。为了防止水流再次把网冲进水里,它又咬住绳子,重新拽了一下。它一再重复这个动作,直到六十英尺长的绳子被拽上来,它能触及渔网的底部才停止。然后,它一点一点地扯起渔网,脚死死地踩在上面,不让渔网乱动。渔网最上面是各种内陆鱼,比如吸盘鱼或鲱鱼,或狗鱼,或梭子鱼。恺撒对它们并不在意,它要找的是美味的白鱼——一种狗和人都更喜欢的鱼。

它的努力得到了回报:它看见了一条上好的白鱼。于是,它仍然将晃晃悠悠的渔网踩在脚下,津津有味地吃起白鱼来。这美味可比平时我们扔给它的那些粗糙的鱼可口多了。

马丁和他的同伴们把这一切看得一清二楚,神秘的肇事者被抓了个现行。于是,他们"嗨呀"一声,全都冲向恺撒。这个"现行犯"挨了好一顿打,从此再也没敢耍这样狡诈的花招了。

库纳,爱斯基摩领头犬

库纳是一只纯白色的爱斯基摩狗。它的名字"库纳"就是克里族的印第安人用来称呼雪的词语。

库纳个头中等。作为一只爱斯基摩狗,它美得像幅画。

如果说恺撒诡计多端,狡诈得令人惊讶的话,那库纳就只能说是淘气了。因为某些特殊的优秀品质,我养了它和其他一些爱斯基摩狗。尽管库纳起初只是运鱼或木柴的狗队中的一只,但它很快就成长为一只出色的领头犬,在最高贵的狗队中谋得了一席之地。的确,在我不幸地伤了可怜的旅行者的心之后,库纳这只领头犬就成了我唯一的依靠,甚至排在杰克、卡菲和马菲之前。

像其他领头犬一样,库纳有它自己的怪癖和禁忌,其中之一是它讨厌向导在它前面跑。如果这个向导在它前面一英里左右,那就没事,这时它似乎认为自己是在独立拉雪橇。但如果向导正好就在它跟前,它就会闷闷不乐,发挥不了多大作用。在辽阔的大湖冰面上领队或是沿着被肆虐的暴风雪横扫过的冰河行进,是它最带劲的时候。它需要的只是一声"前进"的命令。听到这声命令,它便会领着狗队,飞奔向远方的指定地点。

然而,它的勇气却会在暴风雪中消失。它会拒绝面对暴风雪,会很聪明地落在狗队的后面,躲到杰克背风的一侧,不仅把领头的差事丢给杰克,而且还让杰克去承担本来应该由它们两个分担的重量。杰克总是很偏爱它,常常帮它摆脱某些非常困难的处境。比起我拥有的其他爱斯基摩狗,杰克似乎更看好库纳,不过这也没有什么可多说的。

跟所有的爱斯基摩狗一样,库纳是一流的贼。在偷盗这件事上,它可是非常聪明的。如果它没活干,在院子里溜达,那马丁放在炉子底下大平底锅里化冻的鱼十有八九就会少一条。厨房的门哪怕只开几分钟,库纳也有足够的时间溜进去再溜出来。

库纳也算得上是一只相当大的狗,但在它想悄悄地钻进厨房的时候,它似乎有本事把自己弄得非常小、非常安静。它最喜欢用的计谋是紧跟在那个印第安女人身后,抓起它能够得着的第一条鱼,然后悄无声息地退出来。如果被看见,没有办法带着鱼逃走,它会尽可能快地突然冲向某个角落。瞧着吧!追它的人跑过去,常常发现它一本正经地坐在那里,脸上一副好奇的表情,意思是:你这么大惊小怪是为了什么?

它本来叼在嘴里的那条鱼这时候一丝影子也看不见。鱼到哪里去了?难道是我们的眼睛欺骗了我们?一定是其他狗,而不是郑重其事地坐在地上的这只狗干的吧?但总有跟狗一样聪明的人。有人就说了："瞧！库纳毛茸茸的尾巴翘着的样子好奇怪！"有人过去一看才发现,这要滑头的无赖就坐在偷来的鱼上,正试图用它卷曲的尾巴把鱼藏起来呢！

库纳的身体白得像雪一样,它不久就发现了这个事实,并觉得这一特点加以利用。假如它正和其他狗在亮晃晃的雪地里嬉戏,这时候忽然铃声叮当——这表明有人拿出了挽具,狗们要开始干活了,库纳会立刻蹲下,蹲得尽可能地低,努力让自己不被发现,无论我们怎样喊叫都喊不动它。这时候,我们必须费力地搜寻一番,给它一顿厉害的教训,才能为它上好挽具。

这种在雪地里玩捉迷藏的把戏非常让人烦恼,特别是当我们在森林里进行长途旅行的时候。正如我在其他地方已经陈述过的,我们等不到天亮就会开始一天的行程,这时却往往不太容易发现拉雪橇的狗的身影,因此就会非常恼火。库纳是最爱调皮捣蛋的家伙之一,甚至最能忍气吞声的赶狗人都会被它弄得火冒三丈。

一天的工作结束后,库纳会睡在自己在雪地里精心挖出来的一个洞里。周围的一切都是白色的,它在星光下实际上是隐形的。凌晨时,不被找它的人意外发现或者被杰克撞上,它是不会动弹的。这有时非常令人恼火。我的一位赶狗人为了不耽误早晨的行动,习惯于在晚上仔细观察库纳做窝的地点,以便早晨能轻松地找到它。一段时间以后,库纳发现了这一情况,于是凌晨时一听到营地上有动静,就悄悄地溜到另一个地点去。

很难有什么好办法能永远阻止它重复这样的把戏。一天晚上，我的印第安向导抓住它，把它拖进了营地。他们找了好多木炭，把它们磨成粉，然后把这些粉抹到库纳身上，让它从鼻子到尾巴尖完全变黑了。炭粉抹得如此到位，以至于有好几天，这只本来没有一丝斑点的白狗黑得跟杰克、卡菲一样。所有它企图藏在雪里不被发现的努力从此都毫无效果。起初，它不明白这是怎么回事，最后似乎是醒悟过来了，便再也没有耍过花招了。

看着库纳还有其他的狗在听到赶狗人前来给它们上套，安排狗队阵形的时候如何设法装病、装瘸、装瘫痪是很有趣的。大伙儿从书房的窗口朝外张望，看到二十来只狗在嬉戏。每一只狗似乎都兴致勃勃的。看它们在羊毛似的蓬松的雪地里追逐玩耍时放纵的样子吧！这时候，它们没有一点无精打采或瘸瘸拐拐的样子。

再看！一个印第安人取出了一套挽具，上面的小铃铛叮叮当当地响，每个项圈上都系着四个铃铛。当他打开厨房门，走到狗们中间时，嚯，瞧瞧狗发生了什么变化吧！你曾见过这么一大群伤狗、瘸狗、瘫痪狗聚在一起吗？恺撒悲伤地用前爪在地上爬行，拖着它看起来像是瘫痪了的后半身；库纳发现自己没法藏进雪地里，只好滑稽地用一只前爪和一条后腿跛行；其他狗也都好笑地耍着各种花招，试图使赶狗人马丁相信给它们这么一群可怜、无助、疲倦的狗套上挽具实在是荒唐透顶。然而，马丁早就看穿了这些把戏,所以他告诫它们,自己并不是要给所有的狗套上挽具,只是要组织一支由四只好狗构成的狗队拉着主人,做一次到营地去的晚间旅行。

"来!帕皮!来!布莱克!来!尼罗!来!马菲!"

于是,只有一个赶狗人,只有一支狗队。四只狗一被叫来,每只狗头上就都被套上了项圈。再瞧瞧其他狗的变化吧:恺撒的脊椎骨立刻好了,后腿灵活得跟前腿一样;库纳突然就能四条腿走路了,比两条腿走起来容易多了,于是它欢快地东冲西撞起来;其他狗也一样。它们全都知道耍同样的把戏,但这却是最容易被看穿的。赶狗人平静地不理睬它们,只挑选他需要的狗。

库纳,像罗沃一样,有时也是一个胆小鬼。它会被比自己小得多的狗吓跑,只因对方精神抖擞、好挑衅,但罗沃始终是一个和平爱好者。没有什么比跟其他的狗发生争执更让库纳快乐的了,争斗越激烈它越觉得是一种享受。

一件给库纳带来有史以来最大乐趣的事是在传教士的狗和印第安村落里的狗之间挑起一场荣耀之战。为了获得这样的乐趣,它得使出大量的技巧,因为它非常清楚,如果在实施计划的时候被察觉,就会有一顿鞭打等着它。它成功了好多次,而且只要瞅到机会,它就会继续干。

要理解它最喜欢的挑起竞争双方大战的方式,我们必须解释一下:传教区里的所有建筑,包括住房、教堂、学校、马厩和其他附属建筑物,都是由传教人员自己建在方圆几英亩的土地上的。这片土地有点像半岛,伸出一点到普莱格林湖边,地的两边各有一个小水湾。连接传教区所属地与大陆的地峡只有几百英尺宽。它的地势如此之低,以至于印第安人自古以来就说它在暴风雨的天气里常常被大水淹没。然而,当我们居住在那里时,它的地势已经算是相当高了,而且很干燥。这个地方岩石嶙峋,靠近传教所一边的地峡上有几块高高的岩石,观察者可以从那里俯瞰整个印第安村庄。这些村庄呈东西向分布在湖岸上,人或狗从哪一个方向看都能清楚地看见这些村庄。当狗们钻出它们的窝舍,像平时那样嬉戏时,要是没被看住,库纳就会偷偷摸摸地跑开,躲到被传教区某些附属建筑遮挡得看不见的地方去。

传教区的狗和乡民们的狗之间存在着无法消除的敌意。不管它们什么时候相遇,必然会爆发激烈的战争。任何一只狗胆敢独自在对方的地盘上游逛,一定会遭殃。

库纳耍的诡计是爬到那几块高高的岩石上。在那儿,它能俯瞰整个村庄里的狗,而它的同伴却看不到它。然后,人们所能想象的最恶劣又最让人恼火的把戏开始了,其主要内容无疑是库纳和村里的狗所发出的狂吠。

好戏接着开场。那个时节,鱼大获丰收,每栋印第安人的屋里都有各种各样的狗在穿梭。听到从敌人那方向传来的粗鲁无礼的挑衅,印第安人的狗立刻做出了反应。几十只狗迅速集合起来,聚在沙质地峡处它们自己一边的地盘上,像黑森林里的狼一样——在某些方面,这些爱斯基摩狗与狼十分相似。随着聚集的狗越来越多,它们的勇气也在增加。当狗群的规模达到一定程度时，它们感到可以发动进攻了，便会恶狠狠地尖叫着向库纳冲过去，企图凭借突如其来的一冲捕获粗鲁的库纳。毫无疑问，库纳一直在用印第安村民们的狗难以听懂的语言辱骂它们。库纳当然也不是傻瓜，就那么等着被抓或是投降。看到它们真的跨过了双方的分界线，库纳抬脚一冲，在那些附属建筑物的空隙间绕来绕去。一旦置身于传教区的狗们中间，库纳的叫声就变成了："呀！呀！呀！"这翻译成人话就是："当心！它们来了！"不必多说，传教区所有的狗都明白，只有迅速做出反应。库纳领头，二三十只狗和狗崽立即出发，迎向前来攻击的敌人。

它们在岩石下面相遇，库纳就是站在这块岩石上发出粗鲁的挑衅的。

这是一场荣誉之战。它们互相进攻。如果有一只狗渐显败势，它那些正观战的同伴就会赶来营救。它们一般不会混战，常常是两只凶猛的狗进行单挑，不过总是伴随着疯狂的冲撞——这只是为了以重量压倒对手，把它撞翻在雪地里。也会有一些狗卷入更激烈的打斗，或向某只特殊的狗挑战——那可能是它们跟这狗有什么积怨要解决。它们会冲向那特殊的狗，群殴之，以解心头之恨。

这时库纳在哪儿呢？我们看到是它挑起了事端，也看见它勇敢地带领我们的狗去击退前来攻击的敌人。可是，在整个战斗过程中，你是看不见它的，因为它根本不在现场。它从来都是不参战的。即使它能帮忙，它也不会参与战斗。

是的,它是勇敢地把狗们领去抵抗敌人的攻击了,但仅此而已。它会巧妙地躲到一旁。当狗们的注意力集中到冲过来的敌人身上时,它便会狡诈地爬到岩石嶙峋的高地上。就在刚才,它在那上面发起了粗鲁的挑衅,导致了这场战争。现在,它安全地待在上面,兴奋地又跳又叫,观望着下面激烈的打斗!

　　当然,我们不会允许这种打斗持续很久。传教区的人和村庄里的印第安人一听到嘈杂声,就明白是怎么回事了。人们会赶紧带着狗鞭冲出来,迅速将打斗的双方分开,把它们赶回各自的老窝。

　　等一切恢复平静,就有人问:"这次打斗是谁挑起来的?"至少有半打眼神锐利的印第安人声称,他们看见是库纳耍了这个老掉牙的花招。于是,库纳立刻被抓来,挨了结结实实的一顿抽打,然后没给吃晚饭就被赶去睡了。

与狗在北部荒野上旅行

在发达地区,随着人口的增长,旅行设施也在改善,但铁路和汽船是不会运行在赢利前景黯淡的地方的。因此,我们可以料到,也常常发现,旅行设施是与发达地区不同区域的居民的数量和诉求相一致的。

除此以外,我们还得考虑每个乡村的气候特点、可能采用的旅行方式,以及在大部分地区通用的交通工具在哪些地方不适合。然而,尽管可以采用的旅行方式有限,在那些不一定非常适合旅行的地区,交通工具却是别无选择的。有趣的是,在所有这样的地区,某些工具似乎与当地的环境完美地协调了。比如热带沙漠的骆驼和极地的爱斯基摩狗,两者都高度适合于它们特殊的工作。考虑到这些地区的状况,目前还没有什么工具能代替它们。如果进化论真的正确,骆驼和狗无疑是那种在极端的环境中经过长期演化而形成的完美物种。

我们现在关心的是北方的狗以及我们与它们一起进行的旅行。灼热沙漠中的旅行者能够书写他们所熟悉的骆驼的种种事迹,但我在这一章里将要描述的,是我与狗以及印第安人穿越北方大荒野的旅行。为什么我要和狗一起旅行?原因很简单:绝对没有其他可能的方式。在北方内陆的这些荒野上,没有火车或汽船的笛音回荡,而且可能在将来很多年里都不会有。

几百英里甚至几千英里之内绝对没有大路,也没有小路或者人的足迹。因此,冬天在这里旅行,除了步行和乘雪橇,绝对没有别的办法。当路途非常遥远,人们自行携带物资的时候,步行甚至都会成为不可能的事。因为他们携带的物资,不仅仅有他们要吃的食物,还有被褥、防身的武器、斧子、雪鞋和其他各种东西,另外还有做饭用的炉子。所以,对于要做这种旅行的人来说,狗是无价之宝,不管它们有多少缺点。

在本书的其他部分,我已经讲了北方狗的不少故事,也单独介绍了几只北方狗,在本章我就不再叙述它们的更多细节了。我的读者一定能想象出来,我们是和我描述过的那些出色的狗一起旅行的。

雪橇的模样或构造并不总是相同。在那些少有浓密森林的地区,雪橇要比穿越浓密森林的轨道宽得多。还有,我在许多地方旅行得到的经验表明,滑板结实的雪橇能够很好地防止雪橇整体地从地上竖起来。在穿越道路崎岖的某些区域,特别是北部海域凹凸不平的大冰原时,这种雪橇是最好使的。

然而,能够用于森林和湖区(我们那些年就生活在北方的这些地方)的完美的雪橇,则跟魁北克省的平底长雪橇一模一样。夏天,红河定居点用船给我们运来了一些上好的橡木板,每一块有十二英尺长、八九英寸宽、一英寸厚。橡木板两两相配,边靠边地用结实的横梁紧紧地钉在一起,然后一端被刨平,刨到其厚度顶多只有本来厚度的一半为止。这薄的一端再彻底蒸上至少一天,然后人们在选定的位置把它弯成适合雪橇头部需要的形状,再紧紧系上结实的鹿皮条,使每一部分都恰好在适当的位置。这样,等到被蒸软的部分变硬之后,雪橇差不多就造成了。人们再把两个结实的鹿皮环系在雪橇前面,这是到时候用来系绳套的。雪橇的每一边还要牢牢地装上更大的鹿皮环,这是用来绑物资和装备的。至此,雪橇才算完全造好,可以用了。"卡瑞欧"就属于这种雪橇,有一个舒服的后座和羊皮纸的包边。车上常常画着让人感到愉快的画。如果供人坐的木板上铺上皮袍子,路况也不错,雪橇倒是挺舒适的交通工具呢。

长途旅行,比如说几百英里的长途旅行,大概得离家六个星期,我就会用上三辆橡木雪橇和一个卡瑞欧。四只狗组成的狗队就足以拉一辆装载物资的雪橇。我们是在狗并行的时候给它们套上挽具的。在树林浓密的地区,任何别的方式都不会比乘卡瑞欧旅行更合适了。

带这么多雪橇一开始可能显得有些奢侈,但我的理由很简单:你得知道,我们是在一个荒凉得从头至尾没有任何旅馆或暂住点,而且也没有商店或任何能够用善意或钱换到物资的地方做长途旅行。唯一可能的例外，是我们幸运地遇上一位猎人，他刚好运气不错，射杀了一头驼鹿或驯鹿，那我们就有可能买上一些鹿肉。即使这样，也意味着我们得用雪橇上的一些物资做交换，所以说带这么多雪橇真的算不上是奢侈。

我们带的东西各种各样，其中我们自己吃的食物和狗吃的鱼占了很大的比例。为了做饭烧茶，我们还得带上一定数量的水壶和不易摔碎的餐具，还有斧子，也得带上不少。因为气候严寒，钢铁都脆得跟玻璃似的，斧子会不断地坏掉。我们的物资中也有一些枪和弹药，不过远没有夏天旅行时带的那么多。我们还期待着能发现足够的猎物，让我们的锅一直热气腾腾的。但现在天气刺骨地寒冷，猎物是很少的。我们带上枪，主要是为了防备到处游荡的灰狼，它们有时会自找麻烦，让我们兴奋上一两个小时，甚至一整夜。我们的被褥在物资中也占相当的分量——睡在从雪堆中挖出来的洞里，天气冷得连温度计里的水银都会冻住，这就需要足够的被褥才能让人舒服一点。除了已经列举的这些东西外，还有药品（为防有人生病和发生事故）、修补破损挽具和雪橇的物件、准备送给我们要去拜访的不同部落的印第安人的礼物，以及我们必需的换洗衣服。所以说，坐雪橇进行的长途旅行，真不是一件轻松的事情。

我忠实的印第安伙伴曾常年和我一起，做过多次艰辛而危险的旅行。写下他们的经历对我来说是很快乐的一件事。他们不知疲倦，极有耐性，不仅赢得了我的钦佩，而且唤起了我对人的身体所能达到的极限的惊异感。他们倾向于贬低自己的惊人事迹，在被催促着叙述这些事迹时，通常极端地谦逊。

在这些长途旅行中，我会给四辆雪橇和十六只狗配上一位向导和三位赶狗人。一流的印第安向导无疑是拥有异常天赋的人，他们能带领我们穿越北方那无路可行时的孤独。你会经历数百英里的孤独、数月的孤独，看不到一丝路的痕迹。对于一个普通白人，那些地方绝对没有任何东西可以透露道路的些微信息，我们能够依赖的只有这些向导们了不起的才能。

他们自然是凭借太阳认路的，但我却总是惊诧地发现，在阴暗多云的日子，天空是铅灰色的，我从南看不到北，从西看不到东。他们穿着大雪鞋，在前面摇摆着身躯都仍然可以准确而快速地前进，就跟太阳在无云的天空上光芒万丈的时候一样。

这些令我大开眼界的拥有奇怪天赋的人如何能在黑夜里像在白天一样旅行，直到现在对我来说仍然是一个巨大的谜。对于他们来说，不管是在星光闪烁的苍穹下行进，还是在乌云万里、万物都被黑暗笼罩的土地上行进，都没有太大的差别，他们在前面的引领同样令人惊叹。

向导承担着旅行中的主要责任。他宣布什么时候一天的旅程结束，选择每一次宿营的地点也是他给其他印第安人分派的工作。在前面引路时，他调节着队伍行动的节奏，期待人、狗、车都尽可能近地按照他踩出来的轨迹行进。这是一条不破的规则,特别是在天气恶劣或可能有暴风雪的时候。向导总是能够在一般人发现之前就能察觉一些暴风雪将要到来的迹象,他会领着我们飞奔到远处森林里的藏身地中去。他永远也不会去雪橇没法通过的地方,也永远不会在密集的树木间穿行,更不会在倒下的树干上跳跃,除非这障碍物周围没有办法找出一条道路来。所以说,向导不仅仅是一个能快速在前面开辟道路的人,而且也是在迅速前行的同时还能凭着直觉揣度周围地形的人,他得判断从哪里踩出路来才能最大限度地减少后面跟着的人和狗的艰辛。

因此,向导的责任是很重大的,他的薪水是普通赶狗人的两倍。在营地里,如果他提出要求的话,就可以睡在主人的旁边。早晨,喊"库斯－库斯－卡哇"(意为"起床")的也是他,人和狗都得立刻听从他的召唤。

能雇到赶狗人的话我就雇用一些,他们也是很出色的人,不仅拥有极强的忍耐力,而且在管理由他们掌控的狗队的时候也极富睿智和同情心。在这些旅程中,我们完全与外部世界隔绝,因此我努力善待每一位我选择的同伴,并期待他们和我意趣相投。通常我也都能如愿。只要能避免,我从来不会再次雇用一位郁郁寡欢或者不合意的人。我与我想要的同伴一起,我们是一个快乐的小团队。当周围的一切都明朗怡人的时候,我们开着毫无恶意的玩笑,寒暄着;而在危险的关头,在死神以可怕的暴风雪的形式威胁着要吞没我们的时候,我们像兄弟一样互帮互助,共渡难关。但这种彼此信任的关系并没有使他们忘记他们是我的仆人。

在这些艰辛的旅程中，我从来没有从我这些同伴的嘴里听到一句粗鲁无礼的话。相反，我看到的是他们的奉献、牺牲，这使我相信他们中的一些人在必要的时候是甘愿为我牺牲他们自己的。长途旅行开始的时候，向导自然跑在最前面。旅行者是领头犬，还有杰克、卡菲和恺撒，它们组成我的狗队，我很快就跟上了向导的足迹。我后面是其他物资沉重的雪橇，每一辆雪橇上都有一位印第安赶狗人。这些赶狗人之间存在着相当多的良性竞争，主要是为了竞争他们各自在"队列"（我想它们是这样称呼自己的队伍的）中的位置的。

然而，几天后，情况似乎稳定下来了：最弱的狗干最轻的活儿，通常在最后面跟着。当然，我们行进的速度必须跟最慢的狗队的速度保持一致。加速的时候，我们就要调整那些较轻较小的狗所拉的雪橇上的物资。

这样的旅行很容易让人产生好胃口。结果，一天之中我们要数次停下来吃东西，这可能会耽误一点时间。向导常常在腰带上挂一把斧子，当他决定该吃下一顿饭的时候，就会狠加一把劲，飞速向前，很快就跑到一英里左右的前方去了。他会在那儿选定一块不错的、靠近干枯的小树的地方，用他的一只大雪鞋做铲子，不一会儿就把这地方的雪清理掉了。然后，他又用他锋利的斧子快速砍倒一些小树，把它们劈成长度适当的木柴。接着，他用灵巧的手摩擦打火石,火就生起来了。当后面的大部队赶到时,火焰已经熊熊燃烧,饭很快就会做好、吃完,旅程继续。我们就这样行进着,直到拉长的影子告诉向导到了该寻找宿营地的时候了。

一天的行程应该在太阳落山前大约一小时的时候结束,这样我们就有充足的时间准备宿营,安排好过夜时必须干的事情。一个好的营地有两点很关键:一是要有大量的干木柴,二是要有一片可以遮风挡雪的桦树林或香脂树林。当向导到达他有经验的眼睛看中的地点时,他就会喊停。狗以及人都为这个让人满意的休息地欢呼。然而,在真正开始安安静静地休息之前,还有许多事情要做。每一辆雪橇到达向导选定的地点时,赶狗人首先要做的就是给狗卸下挽具。如果狗队里不幸有那种难逮住的狗,那想办法掌握它们的动态就是赶狗人的责任了。只有控制住那些偷懒的狗,第二天早晨他才能把它们抓回来。某些粗心的赶狗人会忘记采取预防措施,结果第二天早晨可就麻烦了,得费不小的劲,才能让狗归队,继续旅程——当然其中也有一定程度的乐趣。

选定的宿营地准备好了,是一块能避风的平地。这些强健的印第安人用大雪鞋做铲子,挥舞着他们壮实的胳膊,很快就把大部分雪清理掉了,在营地后面和两边堆起高高的雪墙来。这样建成的营地真的就是一个三面被雪墙围住的中空的四方形了。四方形里面的雪全被运走了,取而代之的是一堆熊熊燃烧的篝火。为了让篝火持续燃烧,就需

要大量的木柴。于是你就知道了,向导选择这片地方做营地是有原因的:雪清理掉了,锋利的斧头就派上用场了,挥斧的人干劲冲天,干枯的大树一棵棵倒下来。

然后,他们把这些树劈成十到十五英尺长的木柴,拖或者抬到需要的地方去。火一旦生起来,就要开始干别的事了。我们把雪橇上的物资取下来,一些人在营地里铺上皮袍和毯子,另一些人开始准备晚饭。我们又从雪橇上取下水壶,给壶里装满雪。这些雪很轻很干,所以需要装很多才能烧满一壶水。水烧好后,在较大的壶里炖上肉,小一点的水壶里的水就用来泡茶了。

我们在火堆上做饭,当然也没忘记狗,它们一天中的唯一一顿饭也在准备中了。每个赶狗人都从他的雪橇中取出八条大白鱼,它们全都冻得硬邦邦的,就这么拿给忠诚的狗吃可太缺德了。因此,要先将鱼化冻。在熊熊的篝火前,这是一件很容易做好的事。热气缭绕,十六只狗需要的三十二条鱼很快就准备好了。一开始,鱼在热气的烘烤下嗞嗞作响。晚餐的香味吸引了某些兴奋的狗,但它们必须等着它们的赶狗人把所有的狗聚到一起才能开始吃。有时候,赶狗人得非常小心,同时辅以狠狠的鞭打,才能防止某些贪婪的狗在狼吞虎咽完自己的鱼以后狡诈地抢夺别的狗应得的鱼。

狗吃过了,各自去睡觉。接下来,我们就要准备自己的晚餐了。我们在篝火的一边铺上一小块布,上面放上已经暖和起来的金属盘子、刀叉。要是比较幸运,出发前家里有面粉，我们还会带上大量已经做好的糕饼，这些糕饼差不多一半是面粉，一半是脂肪。我们也需要把一些这样的糕饼进行化冻处理，因为一切能冻住的东西都被冻成硬硬的了。一个印第安人用一根尖尖的棍子从炖锅里戳起一大块肥肉，把它放进餐布上的平底锅里，另一个人把热气腾腾的茶水倒进刚热起来的锡铁杯子里，这就是我们的晚餐，由我已经描述过的热油糕饼、热肥肉和热浓茶组成。

我亲爱的朋友，请别厌恶地掉过头去。如果你也置身于同样空旷的环境中，置身于这开阔的天地间，这令人精神振奋的氛围会让你胃口大开的。是的，我们遇到过暴风雨和暴风雪，温度计里的水银偶尔会下降得让我看不见，但也有那么几周，每一个短暂的白天都阳光灿烂，每一晚的夜空都瑰丽无比。所以，我们裹着厚厚的皮袍，和出色的狗、安全的向导以及最值得信赖的印第安仆人在一起，就不知道还有什么比一个好胃口更令人兴奋、更有诱惑力了。这好胃口向任何已经准备好的食物敞开，无论这食物制作得是不是很粗糙，也不在乎厨师是一位面部红红的印第安人。

依旧与狗一起旅行

在营地里准备和占据床铺是一件很有意思的事情。有时候，如果我们不是太疲惫，附近又有大量活桦树或香脂树，我们就会砍倒一些树，再用一些劈好的细树枝奢侈地铺出"地毯"来。我们通常喜欢在地上留下几英寸的雪，在这雪上面铺上皮袍和毯子。铺床主要是由我的印第安仆人做的，我从来没有抱怨过他们的表现。他们总是把皮袍和毯子下面清理得很彻底。你看，他们仔细地移走每一块石头和木棍，这些东西若是留在身体下面，睡起来可就太不舒服了。

有些旅行者更喜欢睡在大的皮毛袋子里。我试过一次那东西，但是很不喜欢，后来就放弃了。睡在皮毛袋子里面，我有一种无助感，那是一个人在遭受火灾或野兽的袭击时才会有的无助感。因此，我感觉那种袋子极其令我不安的时候，便又回归老式的床铺。老式的床铺比我试过的任何一个皮毛睡袋都舒服得多。

在安安全全地睡进老式的床铺之前，你得做精心的准备。像脱衣服这种文明社会里的习惯，在这种情况下是不可能坚持的。我唯一能做的，是解开衬衣的领扣，以便呼吸起来容易一点。同时，这也很重要，我很快就意识到了这一点。我发现把穿了一天的软皮鞋和袜子换成大一点的鞋和袜子要舒服许多——疲倦的脚似乎能得到休息，我睡得也更好一些。我还戴上了一个有大毛皮耳朵的宽松的帽子。这些大衣以及类似的外衣都带着温暖的兜帽。那个地区的人管这种兜帽叫"可袍特"。这种帽子，不仅白天旅行的时候戴起来很舒服，而且晚上睡觉时把它套在皮帽子外面也让人感觉很暖和。

因此，我是穿着衣服睡觉的。当我准备休息时，我忠实的印第安仆人一直在为我铺床。皮袍子下面的每一个制造不平坦的感觉的东西都被移走或砸平了，毯子平整地铺开，我受到了仆人的"邀请"："请上床，我们会给你盖上被子、掖好被角的。"

这些话听起来可能有些像哄小孩，但多年的经验让我知道，它不仅是一种智慧的表现，也是一种爱的流露。

我一边躺下，一边想着自己会被怎样裹个严严实实。我一躺好，仆人立刻给我盖上被子，然后蹲在我的脚边，开始把我整个人包进毯子和皮袍里。他们的动作很麻利，然而又让人觉得是那么亲切。没有哪位母亲在给自己的孩子掖被子的时候会比我忠实的印第安仆人在这冰天雪地里给我盖皮袍毯子更尽心。他们尽可能地保护我少受刺骨的寒冷的侵袭，做得极其仔细和彻底。如前所述，他们从我的脚开始整理,渐渐向上,直到肩膀,然后把毯子和皮袍从我头上翻过,塞在我的肩膀下面。

我一开始没怎么明白印第安人这种睡觉方式的用意,所以相当憋闷。憋了很短的时间之后,我猛地扯开头上的一切遮盖,问他们:"你们为什么想闷死我?"

他们耐心地向没经验的我解释说:"我们那么爱您,不会闷死您的。我们知道,这样睡一开始对您来说一定很困难,但您很快就会理解的,确实没有更安全的方式了。"没有更安全的方式?好吧,既然如此,我得再试试。所以他们又耐心地把我包裹起来,我再次学着在头部完全被盖住的情况下睡觉。

这是我学过的最难的一门课,我真的花了好几年的时间才学好。那种令人窒息的感觉有时候真是让人无法忍受,我也确实有忍无可忍的时候,所以有时我会冒着脸被冻僵的危险,无视我警惕性很高的印第安仆人关切的恳求,从毯子和皮袍的包裹中探出头来。

一天晚上,我决心以我全部的意志耐心地接受这整个过程,结果真的睡得很死。过了一会儿,我一定是迷迷糊糊地醒了一下,就下意识地揭开了脸上的覆盖物。事后我才记起来,在当时半睡半醒的状态中,我差点以为自己从脸上猛拉猛扯下来的是一把斧头呢!

真的把自己扯清醒了以后,我吓了一大跳,原来我正在扯自己的鼻子呢!它已经冻得硬邦邦的了!在接下来的两个月里,我一直在努力使它恢复常态。在我的意识中,当时我的鼻子清晰地"强调"了它的存在。

印第安人一般会带上大兔皮毯子，每条毯子都需要大约一百二十张兔皮才能制成。毫无疑问，它们是我见过的最暖和的皮毯。凭借这样一条皮毯，我的印第安仆人即使在茫茫北国那荒原上最寒冷最狂野的夜晚都能睡得舒舒服服的。早晨跳起来的时候，他们身上还常常冒着热气。有一年冬天，我带上了一些这种雪白的兔皮毯子，却发现它们实在是太暖和了，睡在它们下面，我汗流浃背，以至于总是感冒，所以我也就不得不放弃它们了。

如果有雪温柔地降落在我们身上，比如几英尺厚的雪，我们从不为此恼火。只要我们舒舒服服、严严实实地躺在床上，雪爱下不下。不过，下雪也不错，它亲切而温暖地盖在我们身上，像一位慈爱的母亲披在瑟瑟发抖的孩子身上的毯子。

我们脚边的篝火不会整夜燃烧，除非那一夜冷得非同寻常，或者偷偷摸摸、野蛮无礼的灰狼前来骚扰我们。不过，这种骚扰很少发生。我坚持让我的仆人带上充足的毯子，因此我们一般都能睡得很安稳，直到第二天重新启程，继续赶路。

起床对我们来说是一种痛苦的折磨。我们得从已经捂得暖暖和和、舒舒服服的毯子下面跳起来，暴露在冰天雪地里。其间，严寒之神展现了它无情无义的力量。天哪，它毫无怜悯地对我们"又掐又捏"！

我们蜷缩着刚刚入睡时，脚边还有一团熊熊燃烧的篝火,而现在,就在相同的地方,竟然堆起了几尺厚的雪!

前景确实有些不妙,但我们没时间抱怨了。我们曾陷入比这更糟糕的困境呢。情况很快就会有所改观的。是的,雪鞋再次被用作铲子,蓬松而干燥的雪被迅速地清理掉了。我的印第安仆人挥舞斧子的胳膊显得如此强健,他们砍好了大量干木柴,接着用熟练的手摩擦打火石,熊熊的篝火再次燃烧起来,我们的身体再次暖和起来,心再次快乐起来。

温暖的篝火,再加上所有人刚刚都运动过(不会有人呆坐着的),使我们不再冷得发颤。我们全都精神焕发地准备吃早饭,因为仆人们已经做好早饭了。

"你们准备的饭菜都是什么呀?"我听见我亲爱的朋友们在问。

哦,感兴趣的读者啊,我们的早饭跟昨天的晚饭一模一样,而且还会继续一样的:油糕饼吃完后,那就只有肉和茶、茶和肉,直到旅行结束或者所有的食物都吃完——常常出现的是后一种情况。

早餐过后,祈祷完毕,我们就要去把狗抓回来了。这不是件容易的事,我在前面已经讲过。等我们重新把物资装上雪橇车,旅程就又开始了。这就是我们和狗一起进行的旅行。在哈德逊海湾一带,我们多年来进行的就是这种旅行。

当然,我们赶路或者宿营的时候遇上过各种各样的事故:疯狂的暴风雪或凶狠的恶狼的袭击。

有时候我们还会有长时间的耽搁，有些是由大冰原上的大裂缝引起的。尽管大冰原有几英尺厚，但冰的收缩力如此之大，以至于这些裂缝会突然张开，其中一些张得又长又宽，要跨越它们就得耽误很长时间。我们有时候用一块长雪橇板搭建一座临时的桥，这能帮我们跨过比较狭窄的裂缝。但如果裂缝有好几码宽，并且向四处拓展到我们的视线不能到达的地方，跨越它就不是件容易的事了。

对我们来说，冰筏是最好，或者更准确地说，是到达对岸的唯一可行的方式。这种冰筏是我们用斧子弄成的。我们会选一块最容易砍冰的地点，因为这是一个非常费时且费力的活儿。接着，斧子就忙活起来了，最后一大块冰被砍松，我们把雪橇和狗放上去，设法站在冰上漂到了对岸。

有时候，我们也会悲哀地给被风吹倒的树困在森林里。这些树似乎总是我们行程中不可逾越的障碍。这时候，斧子再次派上了用场。我们好像把一半的时间都用在清理道路上了。我们富有耐心的狗要拉的雪橇很沉重，因此道路应该尽可能地好走。

所以，一路伴随着各种各样的幸运和不幸，我们艰难地行进着，直到远方屋顶上冒出的炊烟以及无数印第安人的狗闹哄哄的吠叫告诉我们，我们的雪橇之旅终于就要结束了。

夏 天 的 狗

　　没有路,自然就没有陆上交通工具。北方的某些地区确实就是既没有现成的路也没有像样的陆上交通工具。在这些地方,要把"客车""敞篷马车"或"货车"这样的词翻译得让当地人略微明白,没有什么比"雪橇"更适合打比方了。一位牧师通过翻译告诉他的听众,雅各布去埃及和自己的儿子约瑟夫会面时,就是坐雪橇去的。这种说法似乎挺让人惊讶的。

　　因为印第安人夏天没有活让狗干,所以他们夏天从不或几乎很少喂狗。于是这些狗就变成了乡村里的"清道夫",所有的卫生设施都归它们管。它们干得不错。

　　然而,狗在捕鱼为食的时候,靠的主要是它们的聪明。一些狗总是在浅水区和水湾处游荡,总是机敏地注意到聚在离岸边很近的浅水里的大狗鱼。这时,聪明狗的机会就来了。看它们如何悄无声息地潜过去努力捕捉大狗鱼是挺有趣的。我说"努力",是因为这些鱼很大,单独一只狗是捉不住一条鱼的。不过,勇敢的狗仍然会尝试一把,但它常常

会劳而无功地返回,这是因为在它试图抓鱼的时候,强健的大鱼给了它狠狠的一击。尽管被挫败,受了伤,这狗还是随时准备再次尝试。

大爱斯基摩狗能用牙齿咬住重达十至十二磅的大狗鱼,但我还从来没见过有哪条狗能逮住十二磅重的鱼的。在那些日子里,这个重量级的鱼,甚至更重的鱼,每一个水湾里都有很多。大狗鱼的丰收季节是从五月末到七月。之后,狗就得寻找其他种类的鱼了。我知道,在这种为生活而捕猎的活动中,狗会游荡到离家几百英里远的地方,而且一去就是好几个星期。

有一次,我和两个印第安人坐船旅行。当划到一个大水湾附近的时候,我们看见远处有什么东西。起初我们以为那是一群狼,于是赶紧往后划,想划出它们的视野,还取出来福枪,并且给两把猎枪装上了子弹。

然后,我们又小心地探出头去。眼神犀利的印第安人很快就发现我们想象中的狼原来是一群印第安人养的狗。它们正在河边一个宽阔的浅水湾里勤奋地捕鱼呢。从它们光滑而肥硕的身体看,它们的收获是不错的。

我们没有打搅它们。它们呢,则专注于抓鱼。我们经过它们身边的时候,几乎没有惊动它们。当然,它们聪明得很,没有朝我们吠叫,甚至都没有发出一点声音,因为声音会惊扰鱼,那可是它们不愿意接受的。

我们兴致勃勃地观望了它们好一会儿,看到两只狗通力合作,成功地捕到了一条相当大的鱼。有时候,几个印第安家庭的二三十只狗会在早春季节、冰融化后不久突然消失，直到秋天河水再次开始结冰时才回来。

一些母狗后面跟着一窝两三个月大小的狗的时候，会很好玩。这是些警觉的小狗，和小狼一样疯狂。它们还未见过任何一个人，憎恨一切试图让它们跟印第安人——特别是男孩们——亲近的企图，会凶狠地撕咬那些调教它们的人。看到母亲们与印第安人那么亲近，它们好像非常吃惊，会呜咽着、哭叫着回到它们平时待的地方。印第安人不用花多长时间就会使这些小狗崽们熟悉周围的环境。他们说这样长大的小狗会成为最好的雪橇狗。

我从来没让我的狗疯跑过。杰克和马菲总是喜欢待在家里，偶尔有另外一两只狗也是如此。在我不需要狗队拉雪橇的时候，就把它们全都送到湖中的一个岛上去，同去的还有一个印第安渔民，我给他配上了足够的渔网。整个夏天，他会把这些狗养得壮壮的。

我到这个地区后不久，确实给狗找了些事情做。

我们发现，一旦大地解冻，我们的花园里的土豆和其他蔬菜就会长得非常好，连麦子和其他谷物也都很长得很好。因此，为了帮助随我传教的印第安人，我费了好大的劲从红河定居点弄来一个不错的犁，然后划了四百英里的船，把它带回了家。我用桦木和从拉草谷的雪橇上扯下来的一些铁齿做了一个耙子。

春天，我把六只或八只狗套到我的犁上，没怎么费力就犁了几小块田，并建了几个花园。除了结实的锄头，印第安人没有什么更好的工具，因此他们都非常高兴有我帮他们犁田，以便他们能种土豆。

我在自己的田里播上种子以后，就把我的狗套在我自制的耙子上，把所有的田地都犁了一番。

八只狗排成四组，犁地就犁得不错。麻烦不在于它们不够强壮，而是它们似乎觉得整件事是个天大的玩笑。它们觉得好玩极了，将要开始犁田的时候，认为尽可能快地穿过田地就是它们的职责。

狗开始拉犁时，扶犁的人可就要倒霉了。他拔出插在地里的犁头，因而就失去了支撑。狗一开跑，如果他能熟练而迅速地再次把犁头插进地里，免得狗猛拽着他和犁一块跑到犁沟的尽头，那他就肯定算得上是聪明的犁田人。

我在试图让几位壮实的印第安人成为合格的犁田人的时候收获了许多乐趣。这些高大健壮的猎人仅用刀子做武器便能毫无畏惧地对抗一头大熊，却在犁前犁后表现得畏畏缩缩。尽管他们在掌控八只生龙活虎的狗时一般都很机敏，但要他们熟悉某些农业工具却比较困难。一开始，犁对他们来说简直是个谜。

然而，他们很快就掌握了犁的用法。不过我注意到，新手总是坚持独自走在两只领头狗之前。他认为只有这样，后面只要出了什么问题，他才可以随时让两只狗停下。

在没有用这种或那种办法测试狗的力气的人看来，他们能这么做简直太了不起了。这些狗似乎拥有一种看不见的力量，一旦兴奋就会爆发出来。对于那些没有见识过它们的兴奋劲的人来说,它们的力量爆发出来的情形简直让人觉得不可思议。

我曾经将六只狗套在一个雪橇上。这个雪橇安置在一根三十六英尺长、十英寸见方的大绿桦树树枝的末端。它们拉着重重的物资,要走的道路状况是非常好的,因此很明显,它们不可能缓慢地行进。这些沉稳的家伙伸着舌头,协调一致地向前跑着。在这种情况下,再督促它们加快步伐似乎就太残忍了。不过,尽管我们不乐意这么做,其他什么东西却出乎我们意料地使它们迸发力量,加速奔跑起来。原来,一只寻捕兔子的漂亮狐狸突然从浓密的森林里探出头来。它刚跨过离狗队不到一百米的小路,在一个小土墩前停下来,无礼地朝接近它的狗们挑衅似的叫唤着。这叫声让狗觉得难以容忍,于是它们疯狂地朝狐狸冲去。尽管雪橇很重,对这些兴奋异常地扑向那只粗鲁的狐狸的狗来说却似乎根本不算什么。

可是,这些狗没跑多远,雪橇头部就狠狠地撞在一棵树上了,不仅雪橇本身被撞得粉碎,而且狗也被撞飞回来。这一撞的冲击力那么大,以至于后来我发现狗并没有骨折的时候真是又惊又喜。

在某些有长长水岸的开阔地带,人们有时会用狗来拉船。这样的行动并不总是很成功,却能给我们带来一些乐趣,而且在花了一下午的时间划船或者小艇外出之后也是一种调剂。所以,我们就将四只狗系在一根大约两百英尺长的绳子上,让它们拉着船沿着湖岸跑动。